醫生爸爸
抗疫記

陳沛然　著

序

《我是立法會足球員，興趣做醫生》，是我的第一本書書名，也是我的日常生活寫照──喜歡踢足球和做醫生。在 2020 年冠狀病毒病大流行期間，大部分人都留在家中時，我每星期如常地回到醫院照顧病人，也要到立法會開會，只是幾個月不能踢足球和沒得看足球比賽直播。

在網誌寫文章，其實是我的議員工作之一，目的是為自己做筆記，留下要點和參考連結，對日後寫建議書信或有幫助，也方便回答記者提問。作為社交媒體分享文章，只是副作用。不知不覺間，網誌中的「肺炎系列」已超過 200 篇。身邊的朋友告訴我，他們留意到在網誌上 4 月的文章皆偏向短評，減少深度長文。其實，我是有苦衷的。

3 月的某一天，收到第一本書的編輯小姐的來電。她說看到網誌有關冠狀病毒病的文章數目不少，又知道我在防疫期間以醫生、爸爸、議員的身分在忙碌着，問我有無興趣寫一本有關疫情的書，不過因為要趕及書展檔期，所以只有一個月的寫作時間。我即時回覆：因為時間問題，一方面要回醫院照顧病人，另一方面要兼顧立法會事宜，若要同時趕稿，時間上未必可行。通電話後，冷靜下來，先擬寫了大綱，翌日跟辦事處主管小姐，還有太太商量，然後做了可行性測試，花了一個周末共編輯了 7 篇文章，在星期一回覆編輯小姐，接受任務。

9 天後，編輯了大概 30 篇文章，此乃第一階段，比較容易，只是把網誌上「肺炎系列」已有的文章編輯成文。25 天後，撰寫

了 54 篇文章，差不多完成了擬定 5 個章節裏頭的頭四章，這是第二階段，有點難度，要將網誌剩餘的零碎短文，重新組織寫作。36 日後，終於完成全本書第一稿，5 個章節共 75 篇文章 6 萬多字，最後階段最艱辛，因為是全新寫作。在這 36 日期間，除了回醫院看門診做腸胃鏡外，還出席了 29 個會議、接受了十多個訪問、參與兩個記者會、教了一堂課，還有每晚回家陪伴太太和女兒。每篇文章花上 3 小時至 1 天不等，可想而知，書中的文字粒粒皆辛苦。

醫生、爸爸、議員，我在這個世紀疫症大流行時期，如何用這 3 個不同身分去抗疫？在這本書的頭三章中，大家將會找到答案。在第四章則會為大家先介紹傳染病的理論，然後第五章再帶大家回到現實世界，從世界各地的疫情和防疫工作，重溫傳染病的故事。我在這本書也加了 3 隻彩蛋，大家可以去發掘。

在這裏要感謝議員辦事處的同事，協助和分擔立法會的工作，我才能在公餘時間閉關專心寫作。其實他們在同一時間亦在編另一本書（第二本書）—— 4 年任期的議員工作大報告，故此我視這書為第三本。另外，剛好碰上香港在 3 月尾 4 月頭的第二波疫情爆發，使香港人要退守家中，連續幾個星期六日陪着女兒困在家，或許這是上天的安排。最後，我要多謝編輯小姐的邀請，令這個近乎不可能的任務變成可能。

陳沛然
醫生、爸爸、議員
2020 年

目錄

第二章　抗疫的家庭

目錄

第三章　抗疫的政治

第一章

抗疫的醫生

嚴陣以待

　　我在公營醫院工作了 20 年，當上立法會議員後，仍然堅持每星期回醫院做前線工作，經歷過高山低谷，什麼風浪都見過，包括沙士。2003 年的沙士，全球共有 8,096 病例，中國內地佔了 5,327 例，全球有 29 個地區受到感染，死亡率 9.6%。而香港有 1,755 例，299 人死亡，死亡率高達 17%，當中有 386 名醫護人員受感染[1,2]。作為經歷過沙士的醫生之一，親眼目睹身邊醫療同事染病倒下、甚至死亡，對於當年親耳聽到的官員所說的言語，我仍然刻骨銘心。

　　2003 年，根據立法會專責委員會報告，威爾斯親王醫院爆發疫症初期，不少醫護人員受到感染，公眾普遍關注到社區是否爆發不知名的疾病。楊永強醫生身為負責衛生事務的政策局長，在 3 月 14 日立法會衛生事務委員會特別會議及 3 月 15 日新聞簡報會，促請人們不要把香港說成疫埠，因為這不僅不符事實，而且會引起市民恐慌。楊醫生向傳媒表示，香港其實很安全，與世界任何其他大城市無異。報告批評他在簡報會上向公眾傳達的訊息含糊不清、令人誤解，使公眾以為他在試圖淡化疫情的嚴重性[3]。

　　在 2020 年 1 月上旬，香港已經出現 21 宗曾到訪過武漢，然後出現發燒、呼吸道感染或肺炎徵狀的病人個案[4]。當政府官

員啟動和諧模式，說未有證據有關病毒會人傳人[5]，並豪情壯語地說有 3 個月的口罩存量[6][7]，更叫大家不用戴口罩時[8]，我就知道歷史又一次重複。有了沙士經驗，我們不會輕信官方的話。

在 1 月 20 日，國家主席對冠狀病毒感染的肺炎疫情作出重要指示後，中國內地確診數字急速上升[9]，及至 1 月 23 日香港出現第一宗確診個案[10]，香港的醫生便果斷地成立應變隊目──「clean team」和「dirty team」，有些醫院改名叫做「designated team」、「infection team」，一早已經嚴陣以待。

[1] Summary of probable SARS cases with onset of illness from 2002-11-1 to 2003-7-31. WHO.
[2] 嚴重急性呼吸系統綜合症（沙士），香港衞生署衞生防護中心。
[3] 立法會調查政府與醫院管理局對嚴重急性呼吸系統綜合症爆發的處理手法專責委員會報告。2004-7。
[4] 陳沛然。肺炎系列（廿七）郭家麒議員及陳沛然議員聯署函件 2020-1-7。
[5] 排除人傳人風險，陳肇始：政府進一步提高警覺。星島 2020-1-17。
[6] 食物及衞生局局長就預防新型傳染病的應變及防控措施舉行記者會開場發言。政府新聞公報 2020-1-7。
[7] 人手緊絀必要時削非緊急服務，公院 3 千萬口罩可用 80 周。巴士的報 2020-1-10。
[8] 高官開記招無戴口罩，陳漢儀：沒有病徵社交場合不需戴。立場新聞 2020-1-23。
[9] 習近平對新型冠狀病毒感染的肺炎疫情作出重要指示。中國政府網 2020-1-20。
[10] Two Confirmed Imported Cases of Novel Coronavirus Infection in Hong Kong. Letter to doctors. Centre for Health Protection, 2020-1-23.

冥冥之中

2020 年 2 月上旬，香港已經超過 20 宗冠狀病毒病確診個案，首 20 名病人先送往瑪嘉烈醫院接受治療，然後病人便被分流至其他聯網醫院¹。我執業的醫院便是其中之一，當我們剛剛做好準備，便要接收「打邊爐群組」，負責的醫生同事更要在星期六連續兩天收症至半夜²。根據報章報道，個別確診個案有腸胃不適徵狀，這在冠狀病毒感染比較少見，因為我是腸胃肝臟科專科醫生，所以便被召去幫忙。

那天早上，內視鏡中心的護士同事也替我憂心，當時我們對此病的了解不多，只知道會人傳人，會有嚴重個案。雖然知道「打邊爐群組」傳染力高，但是我仍決定入隔離病房協助感染主任醫生及孔教授照顧確診病人。那天晚上，我發短訊給太太，沒有明文規定，但為安全起見，我決定不回家，自我隔離 14 天。

2003 年，我在瑪麗醫院也經歷過面對面照顧沙士確診病人。作為主診醫生，當時沒有 N95 口罩，也沒有保護衣，所謂隔離病房也沒有負壓設備。帶着醫生教授入深切治療部巡病房，檢查嚴重肺炎病人。當時我沒有中招，實屬萬幸。

自我隔離期間，我日間在醫院或辦事處獨自工作。晚上出

去買外賣，街上食店皆只有小量顧客，然後我亦乖乖返回醫院，夜裏就在自己工作的房間席地而睡。那兩星期，看書、資料蒐集、寫文章，世界很寧靜，能夠做的只有祈禱。有外國記者想找既經歷過 2003 年沙士，又正在面對冠狀病毒病的醫生受訪。我婉拒了，把訪問轉介給醫生太太。

[1] 食物及衛生局局長就休會待續議案開場發言。立法會會議 2009–4–29。
[2] 拯救邊爐家族，一個不能少。蘋果日報 2020–4–27。

太太是前鋒

　　把訪問轉介給醫生太太，她准許記者走進家中拍照。我有點介意，說只此一次。報道刊登後，被多國文字轉載，標題為「兩名前線醫生在香港的家中，不擁抱，不親吻」。其後，有本地記者想做中文版訪問及到家拍照，我婉拒了，請見諒。

　　當年沙士淘大爆發時，太太就在聯合醫院急症室，全副武裝地工作，下班後住在醫院宿舍。那時候，初生之犢不畏虎，不知道沙士的可怕，香港的死亡率達17%，比全世界的9.6%為高，當中有386名醫護人員受感染，4名醫生死亡，包括兩名公營和兩名私家醫生，過後才懂得害怕。

　　在2020年，她在非牟利組織的診所工作，要為發燒病人診症，也有機會接觸到隱形帶病毒者。在頭65名患者中有30名在發病之初及確診之前，都曾到多間私家醫生診所求醫，所涉及的約有40間私家診所和1間中醫診所。亦因為這些私家醫生接觸過確診病人，診所要暫停營業，醫生也要隔離觀察。私家醫生和牙醫的日常主要工作，也是站在前線為求診病人提供醫療服務，可是他們的防疫裝備卻不足夠，要靠自己籌備。我建議做私家家庭醫生的同學，用即棄雨衣當作保護衣，全面面罩和眼罩要徹底消毒。

太太回家後，害怕連累家中的老人家及小朋友，也繼續戴口罩，只是在洗澡、飲食和睡覺時才除下口罩。並與家人分檯吃飯，不會跟女兒擁抱和親吻，要數最難受的應該是三女兒。這並非杞人憂天，事實是在 2020 年的香港冠狀病毒感染史中，有外遊記錄確診的爸爸，感染沒有外遊的同住女兒；確診的丈夫感染沒有外遊的太太；蘭桂坊群組，有超過 10 個家居感染；渣甸山家庭，14 歲英國回港男孩，其同住的爸媽、妹妹及家傭都先後確診。

　　在外國的疫情大爆發後，才呼籲戴口罩、不擁抱和不親吻[6至8]。其實，太太的訪問早了 1 個月已向世界作出警告。

[1] Tiffany May. 'No More Hugging, No More Kissing.' At Home in Hong Kong With 2 Frontline Doctors. New York Times. 2020-2-20.

[2] Summary of probable SARS cases with onset of illness from 2002-11-1 to 2003-7-31. WHO.

[3] 嚴重急性呼吸系統綜合症（沙士），香港衛生署衛生防護中心。

[4] 嚴重急性呼吸系統綜合症疫情間殉職醫護人員列表，維基百科。

[5] 衛生防護中心調查新增 2019 冠狀病毒病確診個案，香港政府新聞公報。

[6] Agence France-Presse. Italy to ban kisses, handshakes to stop coronavirus spread as death toll climbs to 107. South China Morning Post 2020-3-4.

[7] Steven Petrow. Stop handshakes, hugs or kisses – jazz hands now to combat coronavirus. USA today. 2020-3-12.

[8] Andrea Navarro. Hugs, Kisses, Dining Out During Virus Raise Fear in Mexico. Bloomberg 2020-3-30.

有事鍾無艷

秋天，預言，秋後算帳

2019 年 10 月上旬，我預言在半年內，會有組織及議員，針對醫生，秋後算帳。平時在媒體和議會罵醫生和向醫療抽水，好處是很少有人反擊，也很少出現副作用，何樂而不為？

冬天，有事，找鍾無艷

在 2020 年 1 月，鍾無艷時間來了。冬季流感高峰期，加上冠狀病毒病大流行，我每星期都回到醫院跟同事並肩作戰，齊上齊落，一齊落手做。在精神上和行動上支持大家，感謝各位醫護人員同事堅守崗位。

在門診，我戴着眼罩口罩，換衫換眼鏡，竟然仍有很多病人認得我是議員，對我表示感謝。

特區政府為控制冠狀病毒感染疫情作出應對，在 2020 年 1 月 28 日年初四最後一天農曆新年假期宣布，政府部門已作出特別上班安排，除了提供緊急和必須公共服務的人員外，政府僱員在假期後無需返回寫字樓辦公，而是留在家中工作，多個政府部門及司法機構由 1 月 29 日起暫停服務。

當大家害怕感染冠狀病毒病而不敢出門口、搭電梯、乘搭公共交通工具、上班，醫護人員即使也會感到害怕，但我們仍然願意為了香港而去抗疫。

　　春天，過後，疫情減退時，希望不是夏迎春。

¹ 特區政府宣布加強措施嚴控疫情。政府新聞公報 2020-1-28。
² 多個政府部門及司法機構今日起暫停服務。明報 2020-1-29。

病牀不足？

香港有些人，遇到任何醫療問題，都會歸咎於人手不足、病牀不足。這好像是「萬能 key」，萬試萬靈。可是，有多少人會認真查找資料，「fact check」呢？

在疫症期間，2003 年沙士和 2020 年的冠狀病毒病，病人、市民都害怕去醫院診所。在醫院診所，病人數字明顯少了一截。觀察之外，我亦查找數據以作證明。香港政府新聞公報於冬季流感高峰期期間，每天都會公布公立醫院急症室服務及住院病牀使用率，我和議員辦事處的職員查閱了由 2017 年至 2020 年間，12 月 1 日至 5 月 31 日期間的香港政府新聞公報，逐日查閱，截至 2020 年 2 月 25 日，共得出 363 日的數據。

每天有 4 個數字：
1. 急症室首次求診人次；
2. 經急症室入內科人次；
3. 內科住院病牀於午夜時的佔用率；
4. 兒科住院病牀於午夜時的佔用率。

以 Excel 輸入了以上千多項數據後，然後整理出以下圖表，供大家參考。

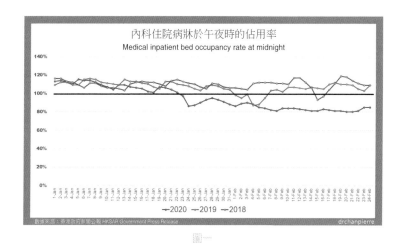

內科住院病牀於午夜時的佔用率
Medical inpatient bed occupancy rate at midnight

圖一

　　紅色線代表 2020 年的數據，在 2020 年 1 月上半月，跟 2019 年（藍）和 2018 年（紫）差不多。直到 2020 年 1 月 20 日，國家主席對冠狀病毒感染的肺炎疫情作出重要指示，強調要把人民群眾生命安全和身體健康放在第一位，堅決遏制疫情蔓延勢頭。疫情備受關注，紅色線便跌破 100%。（見圖一）

　　在 2020 年 2 月，內科住院病牀於午夜時的佔用率，有幾天是 80%，比對在 2018 年的 120%，相差可能達 40% ！兒科差距更明顯，在 2020 年 2 月 25 日零時零分，兒科住院病牀於午夜時的佔用率為 29%（見圖二）。

醫生爸爸抗疫記 —— 019

衞生署衞生防護在 2020 年 2 月 13 日宣布冬季流感季節完結[3]，根據政府在 2020 年 2 月 19 日立法會會議提供的資料，截至 2 月 18 日中午為止，公立醫院正使用約 937 張隔離病牀，使用率為約 30%[4]。病牀不足，在 2020 年的冬季流感和冠狀病毒疫症期間，不是事實。

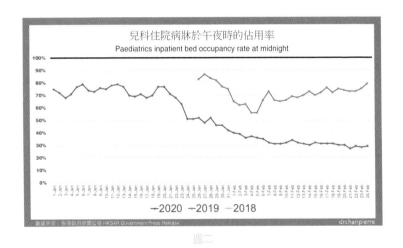

圖二

[1] 公立醫院急症室服務及住院病牀使用率，香港政府新聞公報。
[2] 習近平對新型冠狀病毒感染的肺炎疫情做出重要指示。中國政府網 2020-1-20。
[3] 2020 年冬季流感季節完結。政府新聞公報 2020-2-2-13。
[4] 立法會急切質詢一題：應對新型冠狀病毒疫情措施。2020-2-19。

人手不足？

2020 年 2 月 10 日，醫院管理局宣布，公立醫院計劃在未來四星期逐步調整非緊急服務及非必要服務，以集中人手及資源應對疫情的挑戰。集中維持緊急及必需的服務，包括處理疫情，以及其他緊急臨牀服務。

醫管局總行政經理（聯網運作）張子峯醫生說：「對抗新型冠狀病毒疫情在未來數星期將進入關鍵時刻，調整服務可減少醫院內的人流，減低交叉感染風險；另一方面亦可讓醫護人員集中精神，處理疫情及加強執行感染控制措施。」

張醫生又說：「公立醫院專科門診會逐步減少服務量，例如耳鼻喉科會集中診治術後覆診及需定期監察的癌症病人。專科門診會聯絡其他病情穩定及病況輕微的病人，另行安排覆診日期，及為病人覆配藥物。」

「手術服務方面，緊急手術服務維持正常，預約手術除了癌症治療等必要手術外，將會全部延期進行。至於非緊急及例行的臨牀檢查，例如內窺鏡、胃鏡等亦會安排延期進行。」

在平常冬季流感高峰期時，急症室首次求診人次可高達

6,000。在 2020 年，急症室首次求診人次減少了一半！（見圖一）[2]

　　病人減少了，非緊急服務及非必要服務延期，人手便可以調配。例如醫管局派出醫護人員，隨特區政府安排的首批兩班專機順利接載 244 名滯留湖北省的香港居民返港[3]；醫管局安排總部和醫院聯網的護理部人員，包括抽血員、感染控制主任等組成行動小隊，為由湖北返港並需於駿洋邨接受 14 天檢疫的人士抽取樣本化驗[4]；以及醫管局由 3 月 20 日開始，在亞洲國際博覽館和北大嶼山醫院設立檢測中心，為有上呼吸道感染徵狀的入境人士安排檢測[5]。人手不足，在 2020 年的疫症期間，不是事實。

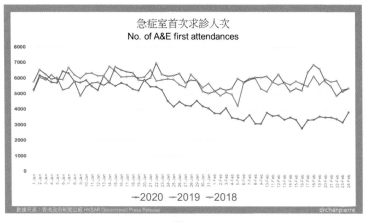

圖一

衛生署衛生防護在 2020 年 2 月 13 日宣布冬季流感季節完結[5]，高峰期僅持續約五星期，近年最短[7]。根據衛生署衛生防護中心的流感快訊 Flu Express[8]，關於 2016 年至 2020 年與流感相關的住院率，看看 2020 年的冬季流感高峰期的「山」，山小了，也矮了。我覺得全靠香港人自律戴口罩，注意個人及環境衛生有關，謝謝香港人。

總結

● 冬季流感季節提早完結，內科和兒科住院病牀於午夜時的佔用率，減少了 40%，非緊急服務及非必要服務減少或延期，人手和病牀不足，在疫症期間，不是事實。人手和病牀不足，也不是「萬能 key」。

● 香港醫護專職醫療及支援職系，會專心應付疫症。香港人加油。

[1] 醫管局調整服務，集中應對疫情。醫院管理局新聞稿 2020-2-10。
[2] 公立醫院急症室服務及住院病床使用率，香港政府新聞公報。
[3] 244 滯鄂港人乘專機順利返港。政府新聞網 2020-3-4。
[4] 醫管局派員為湖北返港者取樣。政府新聞網 2020-3-3。
[5] 亞洲國際博覽館集中處理檢測工作。政府新聞公報 2020-4-5。
[6] 2020 年冬季流感季節完結。政府新聞公報 2020-2-2-13。
[7] 冬季流感季節完結，高峰期僅持續約 5 星期，近年最短。香港 01，2020-2-13。
[8] Flu express. Centre for Health Protection. Volume 17, Numeber 7. 2020-2-20.

醫生的選擇

　　香港醫生在沙士疫症期間從沒退縮，甚至有 4 名醫生戰死沙場。其後，在禽流感及豬流感疫症爆發時也勇敢面對。到了 2020 年，我們憑經驗早在 1 月已經知道冠狀病毒疫情非同小可，先知先覺，挺身而出，告知大家。

　　公立醫院醫生黃任匡在 2020 年 2 月 5 日編入俗稱「dirty team」的防疫團隊工作[1]，香港公共醫療醫生協會會長馬仲儀醫生，也進入「dirty team」工作[2]，照顧發燒和確診病人。前線醫生聯盟副主席鄺葆賢醫生，也到了機場檢測中心工作[3]。

　　港大微生物學系講座教授袁國勇向報章表示，理解計劃罷工的醫護不是怕死，他們有崇高理想，希望用間接影響病人的方法，達到更好的防疫目的（即封關），「這是道德上的博弈，要好小心，這會影響病人，希望要慎重考慮」[4]。

　　對於有醫護籌備罷工，港大感染及傳染病中心總監何栢良稱自己不會罷工，亦不會呼籲罷工，但明白及理解醫護人員的做法。他稱曾有朋友向他詢問罷工的意見，他直指曾呼籲他們考慮辭職，但認為現時醫護人員需要緊守崗位[5]。醫學會副會長林哲玄醫生呼籲醫護緊守崗位反問初心[6]。

而我不會也不能罷工，因為我照顧的病人有些出現緊急情況，所以會如常回醫院工作。無論如何，我都會站在醫護專職醫療支援同事的一方，大家在不同位置上，各自努力。

1 黃任匡入 Dirty Team 怕傳染，跟太太隔 3 米吃飯令人心酸。香港 01，2020-2-6。
2 隔離病房醫生馬仲儀，見證新冠肺炎威力緊守崗位：做了染病的最壞打算。明周 2020-4-3。
3 鄺葆賢面書 2020-3-25。
4 袁國勇：醫護罷工是道德博弈，市民受影響或有反彈。明報 2020-2-2。
5 何栢良：贊成全面封關，應派警方助高危旅客返回內地。香港 01，2020-1-29。
6 醫學會副會長林哲玄呼籲醫護緊守崗位反問初心。明報 2020-2-6。

杞人憂天？

　　香港醫生勇敢面對冠狀病毒疫症，只是擔心會將病毒傳給家人或社區。故此，為了保護其他人，我們要格外小心，並要求要有足夠的防護裝備。

　　這不是杞人憂天，鑒於 2003 年的沙士（嚴重急性呼吸系統綜合症），香港有 1,755 個病例，299 人死亡，當中有 386 名醫護人員受感染，有 4 名醫生、1 位護士及 3 名健康服務助理殉職。引致淘大花園爆發沙士的源頭病人是一名 33 歲男子，他在深圳居住，並經常到淘大花園探訪其弟。該名病人患有慢性腎衰竭病，一直在威爾斯親王醫院接受治療。2003 年 3 月 14 日，他呈現沙士病徵。在 2003 年 3 月 14 日和 3 月 19 日，他曾到淘大花園其弟的單位，期間因肚瀉而使用該單位的廁所。其後，他的弟弟、弟婦和兩名在威爾斯親王醫院照料他的護士證實感染沙士。然後，淘大花園共有 321 宗沙士個案，繼而社區大爆發。

　　在 2020 年，繼李文亮醫生感染冠狀病毒病逝世後，武漢也有醫生殉職，而世界各地亦有醫護人員受感染，並有超過 200 名死亡，包括意大利 120 名、英國 19 名、中國 13 名、西班牙 11 名，菲律賓亦有 9 名醫生因為冠狀病毒病過世。在西班牙

40,000 確診的冠狀病毒病例中，就有 5,400 是醫療專業人員 （近 14%）。

香港醫生不是杞人憂天，而是先天下之憂而憂。

Summary of probable SARS cases with onset of illness from 2002-11-1 to 2003-7-31. WHO.

嚴重急性呼吸系統綜合症（沙士），香港衛生署衛生防護中心。

SARS 疫情期間殉職醫護人員列表，維基百科。

有關淘大花園爆發沙士事件的主要調查結果的文件，由衛生福利及食物局提供，立法會調查政府與醫院管理局對嚴重急性呼吸系統綜合症爆發的處理手法專責委員會。專責委員會 (2) 文件編號：A6。

醫生四死四瀕危，內媒揭武漢中心醫院「至暗時刻」。香港 01，2020-3-12。

More than 200 doctos and nurses have died combating coronavirus across the globe. Newsweek. 2020-4-10.

9 doctors have died of COVID-19, says Philippine Medical Association. GMA news. 2020-3-26.

Raphael Minder and Elian Peltier. Virus Knocks Thousands of Health Workers Out of Action in Europe. The New York Times. 2020-3-24.

醫生的秘方

　　大家有否留意，醫生並沒有叫大家買補品、健康產品、維他命，也沒有叫大家買什麼空氣清新機、隱形口罩等，那些都是商人賺錢的方法。醫生叫大家預防冠狀病毒病的方法[1]，都不需要花大量金錢。金錢雖可以買到健康產品，卻買不到健康。以下讓我跟大家分享醫生的秘方：

保持良好的個人衞生

● 正確佩戴口罩十分重要：包括在佩戴口罩前及脫下口罩後保持手部衞生；

● 每個口罩平時只需要 <$1，現在 $3 一個。只需要外科口罩，三個要求：防水、透氣不漏氣和用一次[2]；不要再去討論或研究重用、怎樣消毒口罩好了。一般而言，不建議一般市民於社區中使用 N95 口罩；

● 避免觸摸眼睛、口和鼻 ($0)；

● 經常保持雙手清潔 ($0)：洗手時應以梘液和清水清潔雙手，搓手最少 20 秒，用清水過清並用抹手紙弄乾 ($0.1)(如沒有洗手設施，或雙手沒有明顯污垢時，使用含 70% 至 80% 的酒精搓手液搓手)；

● 打噴嚏或咳嗽時應用紙巾掩蓋口鼻 ($0.1)；

● 如廁時亦要注重衞生，先將廁板蓋上才沖廁，以免散播病菌 ($0)。

保持良好的環境衛生

- 確保室內空氣流通 ($0)；
- 最少每星期徹底清潔家居一次，可使用1比49稀釋家用漂白水，清洗非金屬表面，待 15 至 30 分鐘後，再用清水清洗 ($0.22)；
- 妥善保養排水渠管和定期（約每星期一次）把約半公升的清水注入每一個排水口（U 型隔氣口）($0)。

保持健康生活模式

- 均衡飲食、恆常運動及充足休息 ($0)；
- 不要吸煙及避免飲酒 ($0)。

總結

- 金錢可以買健康產品，卻買不到健康；
- 醫生沒有叫大家買補品、健康產品、維他命，也沒有叫大家買什麼機器，也請大家不要去買，它們只是商業用來賺錢的東西；
- 醫生叫大家採用的預防方法，都毋需花費大量金錢，秘方是由基本做起。可是，知易行難。

---

[1] 健康指引，香港衛生署衛生防護中心。

[2] 陳沛然。肺炎系列（五十三）選擇普通口罩，重點在防水、透氣和用一次，而不是數字。2020-02-07。

[3] 漂白水 1500ML lungfung.hk.

口罩的數字

有很多人會問，為何醫生在高危地方工作不戴 P100 而選擇 N95 呢？

為了阻擋沾了病毒的飛沫，和免於接觸口罩而受感染，我們對口罩有以下三大要求：

1. 要阻擋飛沫，防水；
2. 要透氣但不漏氣；
3. 盡量即用即棄，不要重用。

N95 和 P100 都能阻擋非常小的微粒（0.3 微米 = 300 納米），英文字母「N」代表 Not resistant to oil，可阻擋非油性懸浮微粒，「P」代表 oil Proof，可阻擋非油性及含油性懸浮微粒[2]。數字是聲稱最低過濾效率，N95 代表最低過濾超過 95% 的非油性懸浮微粒，P100 代表最低過濾超過 99.7% 的非油性及含油性懸浮微粒。理論上，數字愈大，過濾效率愈高。

飛沫傳播是冠狀病毒主要的傳播途徑[3]，咳嗽飛沫的大小約是 620 至 15,900 納米[4]，冠狀病毒的長度大概是 120 納米[5,6]，所以 N95 和 P100 主要阻擋飛沫。催淚煙不是氣體，是固體，體積大概是 1 至 1.5 微米（=1000 至 1500 納米）[7]，所以 N95

和 P100 也能阻擋催淚煙微粒。口罩的關鍵是防水，要阻擋飛沫。

　　口罩的另一重點是不漏氣，醫生會為 N95 進行面形配合測試（Fit Test）[9]，不是型號（N95/N100/P100）或價錢。我曾經走在街上，巧遇催淚煙和戴 P100 可再用式面罩（俗稱「豬咀」）的兩男兩女，兩位女士哮喘發作，兩位男士安然無恙，經治療後，發現兩位女士面部較小，P100 不貼面，有漏氣情況，結果催淚煙在口罩邊滲入，以致兩女不適。而我戴着合適的 N95，故安然無恙。

　　為了避免接觸有可能被沾污的口罩而受感染，即棄式 N95口罩在使用後亦必須適當棄置[9]。其實，我們在醫院不用 P100，原因有二：第一，每次都要換濾毒罐及微粒過濾棉，成本很高；第二，「豬咀」需要徹底消毒，工序繁複[10]。在醫院，有些醫療用具不可能用一次就即棄，例如手術刀和價值幾十萬元的內視鏡，我們會堅持用最繁複的方法徹底消毒。

　　N95 只能用一次，P100 是可重用的。重用口罩？不了，可免則免。

[1] Masks and N95 Respirators. US Food & Drug Administration. 2018-5-15.

[2] 3M ™ Disposable Filtering Facepiece Respirators.

[3] 嚴重新型傳染性病原體呼吸系統病，衛生署衛生防護中心網頁。

[4] Yang S et al. The size and concentration of droplets generated by coughing in human subjects. J Aerosol Med. 2007 Winter; 20(4):484-94.

[5] Coronaviridae. Viral Zone.

[6] Heather A Davies and MR Macnaughton. Comparison of the Morpholofy of Three Coronaviruses. Archives of Virology 59, 25-33 (1979).

[7] Tear Gas (CS), Acute Exposure Guideline Levels. Acute Exposure Guideline Levels for Selected Airborne Chemicals: Volume 16. Washington (DC): National Academies Press (US); 2014-3-21.

[8] Stephen Haydock. Poisoning, overdose, antidotes. Clinical Pharmacology (Eleventh Edition), 2012.

[9] 正確使用 N95 呼吸器。衛生署衛生防護中心 2020-1-20。

[10] 3M ™官方 facebook 上載影片教市民正確清潔及消毒全套「豬咀」的方法。

口罩的字母

有很多人會研究口罩盒上的英文字母，包括 BFE、PFE、VFE。首先，我要問大家第一個問題：為何普通外科口罩不能阻擋催淚煙？

PFE，Particle Filtration Efficiency 微粒子過濾效率，可過濾微粒 0.1 微米（µm），普通外科口罩 ASTM Level 1 聲稱 PFE ≥ 95%，Level 2 ≥ 98%[1]；催淚煙不是氣體，而是固體，體積大概是 1 至 1.5 微米[2至3]。理論上，ASTM Level 1 的普通外科口罩應該可以過濾超過 95% 催淚煙，為何不用普通外科口罩阻擋催淚煙，而要戴 N95 或 P100 呢？

答案是：漏氣。

外科口罩共有三層，第一層是防水層，第二層是阻隔細菌的過濾層，第三層是吸口水的最內層。網上有很多教學指出口罩應該要有什麼標籤或規格，在一般場合使用的外科口罩最重要的三點是：要有防水層、透氣和減少漏氣、只用一次。

現實上，普通外科口罩不能完全阻擋催淚煙，因為口罩並不能過濾所有空氣，有些空氣會在口罩邊滲入，即是漏氣。所以

PFE 多有能耐也只是實驗室的數字，事實是 1 微米的催淚煙或飛沫不一定會經過口罩的過濾層。

回到口罩有關的英文字母，BFE、PFE、VFE，美國國家職業安全與健康研究所 NIOSH 曾發布一項公告，為口罩過濾測試納入認證標準[4]：

1. (BFE) Bacterial Filtration Efficiency 細菌過濾效率，使用約 3 微米的金黃色葡萄球菌做測試；

2. (VFE) Viral Filtration Efficiency 病毒過濾效率，使用約 3 微米大小的顆粒，包含 PhiX 174 的病毒[5]，以大腸桿菌為宿主，作為測試。其實只是測試過濾大腸桿菌而已；

3. (PFE) Particulate Filtration Efficiency 微粒子過濾效率，使用 0.1 微米的聚苯乙烯乳膠顆粒測量。

口罩的英文字母，還有 ASTM、EN、KF、CNS 等，代表在不同地方的認證標準：

1. ASTM 的 A 是 American 美國，再細分 Level 1 至 Level 3[6]，Level 1 為最低，Level 3 為最高；

2. EN 的 E 是 European 歐洲，EN149：2001 測試過濾顆粒效率，也是分三個級別 FFP1、FFP2、FFP3；EN149：

2001 跟 EN149：1999 是新舊版本[7至8]；

3. KF 的 K 是 Korean（韓國），市面上分別有 KF80、KF94 以及 KF99 這 3 種類型，標示口罩的濾網密度標準[9]；

4. CNS的C是Chinese，台灣的標準，要選擇「醫療器材類」的標準，才真的可以達到預防病毒、避免病菌感染的效果[10]。

假口罩已充斥市面，就算盒面寫着 BFE、PFE、VFE 亦未必可信。雖然我建議大家先要籌備足夠的口罩數量，然後才執著質素，但是我還是建議大家要找有信譽有牌子的口罩，以作為消費者的保障。與口罩相關的英文字母，真的令人眼花撩亂。

[1] John A. Molinari et al. Face Mask Performance: Are You Protected? Medicom.

[2] Tear Gas (CS), Acute Exposure Guideline Levels. Acute Exposure Guideline Levels for Selected Airborne Chemicals: Volume 16. Washington (DC): National Academies Press (US); 2014-3-21.

[3] Stephen Haydock. Poisoning, overdose, antidotes. Clinical Pharmacology (Eleventh Edition), 2012.

[4] Rengasamy S. A comparison of facemask and respirator filtration test methods. J Occup Environ Hyg. 2017 Feb;14(2):92-103.

[5] Phi X 1/4. Wikipedia.

[6] John A. Molinari et al. Face Mask Performance: Are You Protected? Medicom.

[7] Legislation and Standards, European Standards. 3M.

[8] 新版 EN149：2001 與舊版的 EN149：1999 的差異在哪裏？

[9] Hyejung Jung et al. Comparison of Filtration Efficiency and Pressure Drop in Anti-Yellow Sand Masks, Quarantine Masks, Medical Masks, General Masks, and Handkerchiefs. Aerosol and Air Quality Research, 14: 991-1002, 2014．

[10] 賴全裕。外科手術面罩相關標準與效能要求。

口罩的時尚

在整個疫情中，城中不斷討論口罩、爭論戴不戴、搶購口罩。而我也接受了幾十次有關的媒體訪問，談口罩談到有點悶。

2020 年 2 月的一天，在電話上打開社交媒體，發現黎青龍教授的訪問被網民瘋傳，我看了圖片和片段後也不禁「嘩」了一大聲。仔爺（黎青龍教授的花名，《我是立法會足球員，興趣做醫生》書中有詳述）出現在香港電台「議事論事」節目，他穿了紫色西裝、繫着紫色煲呔、佩戴紫色口罩和紫色邊眼罩[2]。那天晚上，我發短訊給仔爺，問他是否有齊紅橙黃綠藍紫色口罩？他回答說沒有紅色及黃色。然後他被傳媒拍攝到派口罩給露宿者[3]，頓時成為網紅。幾天後，又見到仔爺全身藍色，佩戴藍色口罩出現在周刊的訪問中[4]。

3 月，仔爺又接受了兩間傳媒訪問，一次全身桃紅色，加桃紅色口罩[5]；另一次是綠色[6]。當天我又給仔爺發短訊，問他是否想為每一隻顏色做一個訪問？他謙虛地說：「唔夠咁多色。」

4 月，他終於找到了黃色口罩，在電視台的訪問中，他穿了黃色西裝、繫黃色煲呔、佩戴黃色口罩[7]。然後，有報紙竟然邀請到他分別穿上紅黃藍綠白色西裝，配上同色口罩，做了個專

訪。同日，台灣出產粉紅色口罩，引來香港作家王迪詩在面書評論，當中提及黎青龍教授是時尚標誌，能讓口罩成為時裝一部分，是她的偶像；也引來杜汶澤在網台節目中爆粗稱讚仔爺。

十多年前，我跟仔爺巡病房時，他已經喜歡穿著不同顏色的全套西裝，我可以證明他每幾年才買一套，每套都會穿上幾十年，難得的是他能保持身形。有點後悔當年沒有把握機會，跟每種顏色合照集郵。

好了，我跟仔爺說，不得不在此書特別為他加插一篇文章，題目為口罩的時尚，也特別獲得他的授權，刊登其照片。接着兩頁印有教授的相片，我跟他笑說已經使這本書物超所值。

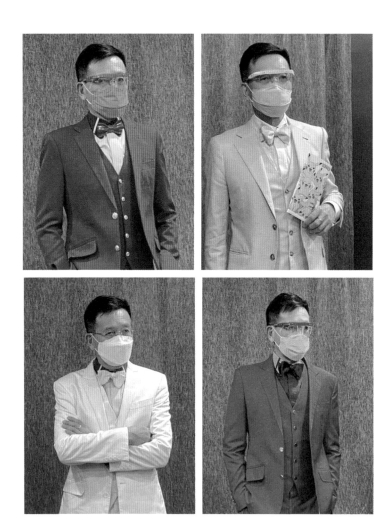

1 陳沛然。肺炎系列（五十四）我對於口罩的工作 2020-02-08。
2 議事論事，香港電台。2020-2-13。
3 黎青龍探訪露宿者派口罩。明報 2020-2-13。
4 我在瘟疫蔓延時，港大教授：見有人死好唔開心。壹週刊 2020-2-21。
5 黎青龍教授憶述沙士經歷，同情與尊重前線醫護人員。Medical Inspire 醫思維面書 2020-3-14。
6 專訪香港名醫黎青龍：2019 之後，香港人有口難言。端傳媒 2020-3-27。
7 黎青龍：隔離病房近飽和，政府應盡快設臨時設施分流。Now TV 2020-4-5。
8 口罩襯西裝，黎青龍「好色」抗疫。蘋果日報 2020-4-15。

洗手的故事

　　2020 年 2 月 21 日，香港民意研究計劃公布，全港市民社區健康資訊系統綜合結果，問市民「最需要以下哪些抗疫物資？」結果最多人回答需要口罩，佔 57.9%，合理。第二是需要酒精搓手液，30.5%[1]。

　　首先，我們建議經常保持雙手清潔，洗手時應以梘液和清水清潔雙手，搓手最少 20 秒，用水過淨並用抹手紙抹乾。如沒有洗手設施，或雙手沒有明顯污垢時，則使用含 70% 至 80% 酒精的搓手液。重點是用梘液清水洗手為主，酒精搓手液為副。正確潔手 7 個步驟包括：手掌、手背、指隙、指背、拇指、指尖和手腕[2]。

　　洗手對醫生來說，手板眼見，基本動作。我每星期做胃鏡和大腸鏡，每做完一個檢查，便要換手套、保護衣，和用清水洗手。15 年前結婚初期，戴着結婚戒指，有幾次在洗手期間戒指脫掉跌落洗手盤，幸好反應快才救回戒指，之後便不敢戴戒指回醫院。

　　消費者委員會於 3 月在 6 個不同地區的藥房購買了 24 款消毒酒精樣本，並委託本地一間實驗所進行酒精成分及容量測

試，發現 6 款樣本含甲醇，另 7 成樣本的酒精濃度比聲稱低[3]。工業酒精含有雜質甲醇，可透過皮膚進入人體而引致中毒。甲醇 (methanol) 透明、無色，並有着與乙醇 (ethanol 飲用酒) 非常相似的氣味。甲醇中毒，輕則出現嗜睡、噁心、嘔吐、腹瀉等症狀，重則導致永久性失明，甚至死亡[4至7]。我在醫院曾經也照顧過甲醇中毒的人，幸好最終救回性命。

如果擔心酒精有甲醇，而不敢用酒精搓手液，回歸基本，以梘液和清水清潔雙手便可。

[1] 香港民意研究所研究報告（十）：「社區健康計劃」第六次調查報告。2020-2-21。

[2] 正確潔手方法。香港衞生署衞生防護中心。2020-1。

[3] 6 款消毒酒精含有毒甲醇，逾 8 成濃度或容量不足。《選擇》月刊 522 期 2020-4-15。

[4] 「甲醇」假酒中毒能用真酒治療？真的假的！毒物及化學物質局評估管理組，2017-11-10。

[5] Bennett Jr et al. Acute methyl alcohol poisoning: a review based on experiences in an outbreak of 323 cases. Medicine, 1953, 32(4), 431–463.

[6] Önder, Feyza, et al. "Acute blindness and putaminal necrosis in methanol intoxication." International ophthalmology 22.2 (1998): 81–84.

[7] Suit, P. F., & Estes, M. L.. Methanol intoxication: clinical features and differential diagnosis. Cleveland Clinic journal of medicine, 1990, 57(5), 464–471. 2–20.

工欲善其事

　　工欲善其事，必先利其器。意思是要做好工作，首先要使工具鋒利；要做好一件事情，準備工作很重要。

　　在抗疫中，大家都緊張裝備，即使要花費多幾倍價錢都要買最好的，要 Level 3 口罩、Tyvek Barrier Man 防護衣、納米空氣清新機。我再三說明，醫生叫大家做的預防冠狀病毒病的方法，都不需要花很多金錢。防疫裝備，不是叮噹法寶，不是拿在手上便有防護功效。

　　工欲善其事，有了良好的防疫裝備，怎樣用才是重點？防疫裝備使用的關鍵，在於阻擋沾了病毒的飛沫，以及避免接觸裝備而受感染。例如當我們脫下防護裝備時，要跟足次序：先脫手套，然後洗手 20 秒；脫下防護衣 (Personal Protective Equipment, PPE)，然後洗手 20 秒；脫帽、護眼罩、全面罩，然後洗手 20 秒；最後脫下 N95 口罩，再洗手 20 秒，才戴回普通口罩。我有一次在隔離病房，依照着海報上印刷的指引脫下防護裝備，其他同事在玻璃房外監督着，當我第一次做得不夠好時，他們加以提點。第二次再做同樣步驟終於合格了，我們會如此緊張，原因是擔心這些有可能已受污染的防護裝備接觸到其他人，尤其是病人或者醫護人員，導致他們受病毒感染。

酒精非防護罩，不是噴兩下便可生效，所以要保持雙手清潔，還是應以梘液清水洗手為主，酒精搓手液為副。正確潔手 7 步驟包括：手掌、手背、指隙、指背、拇指、指尖和手腕[2]，搓手最少 20 秒。

　　保持環境衛生，不是手握酒精或漂白水便能放心。使用 1 比 49 稀釋家用漂白水消毒，要留意漂白水的效力要待 15 至 30 分鐘後才有效，之後可用清水清洗並抹乾，金屬表面則可用 70% 酒精消毒[3]。70% 酒精，最少要待 1 分鐘才有效[4]。

　　有人說做胃鏡不是高危，但我幫病人做胃鏡時，雖然過程很順利，不過他在最後卻來了一個大咳嗽，飛沫噴到我的普通保護衣、外科口罩和頸項上。做完胃鏡後，我立即把一次性保護裝備丟掉，然後去洗澡。做醫生就是搵命搏。

[1] 健康指引，香港衛生署衛生防護中心。
[2] 正確潔手方法。香港衛生署衛生防護中心。2020–1。
[3] 家居檢疫人士的感染控制建議，香港衛生署衛生防護中心。
[4] Kampf G et al. Persistence of coronaviruses on inanimate surfaces and their inactivation with biocidal agents. Journal of Hospital Infection. Volume 104, issue 3, P246–251, 2020–3–1.

陳仔
教育電視

很多朋友問我為何不跟隨潮流做 YouTube，認為我的有些文章篇幅太長，繁忙的香港人不會花時間閱畢。我平日在網誌寫文章，上載至社交媒體，目的是為自己做筆記，留下參考連結，為了方便日後寫建議書信，也方便回答記者提問。所以我對 CLS 的數目不感興趣，C 是 Comment（留言）、L 即是 Like（按讚）、而 S 就是 Share（分享），我的興趣是做醫生。

再者，我不喜歡在鎂光燈下，原因在第一本書《我是立法會足球員，興趣做醫生》中已經詳述了，想知道原因的人可以在書中找答案。一般來說，寫一篇 1,000 字的文章，由構思、起大綱、找資料、寫作、校對，大概要花 3 小時至 2 天。做 YouTube，由構思、起大綱、找資料、寫稿、拍攝、剪片、配字幕，我要花超過 2 天的時間。時間成本太高了，我喜歡少說話，多做事，寧願將時間放在政策研究及寫建議書信上。

話雖如此，身為議員我亦有 YouTube 頻道(https://tinyurl.com/youtube-drchanpierre)，大部分都是我在立法會會議上的發言，如果嫌悶，當中也有幾段影片是關於足球的。

在疫情期間，我在網誌裏編輯了一頁「教育電視」的界面，

收集了一些其他人所拍的短片，用以介紹冠狀病毒、人傳人情況及預防方法 ，慳水慳力。後來有位網絡記者，邀請我幫她們拍片講解疫情，為了準備拍攝，我和辦事處一位職員，各自花了 6 個小時做資料蒐集，然後再花兩小時拍攝，那天有點累。結果她們共剪輯了十多段短片，而且反應很好，每段片都有 20 萬以上的瀏覽量[2]。收集網民的問題後，我們再「添食」拍攝，製作了超過 30 條短片。感謝製作團隊，由收集其他人的短片，到自己拍下足夠數量的短片，以解釋冠狀病毒肺炎的病因、病原體、病徵、傳播途徑、預防方法、健康建議等，令我感覺完整[3]。

後來製作團隊小編跟我說，原來她是我第一本書的讀者，也看到網誌上「肺炎系列」百多篇文章，認為材料已經足夠，才邀請我製作特輯。沒想到我的筆記，能變成畫面，在此向小編送上特別鳴謝。

[1] 陳沛然。肺炎系列（五十八）教育電視 eTV2020-02-09。
[2] Yahoo TV – 抗疫攻略。
[3] 陳沛然。肺炎系列（九十一）陳仔教育電視 eTV2020-03-01。

勇闖蘭桂坊

2020 年 3 月 15 日，政府公布 3 天後即 3 月 19 日凌晨，才要求抵港前 14 日曾到過愛爾蘭、英國、美國和埃及的人士，接受家居強制檢疫，觸發了大批香港人趕着從英國及歐洲各地回流。

3 月 18 日，全世界冠狀病毒肺炎確診個案超過 20 萬宗，8,000 人死亡，疫情在歐洲爆發，80% 以上的病例來自西太平洋和歐洲。中國累計確診病例 67,800，香港有 192 例。當日香港新增確診個案中，唯一一名無外遊記錄的確診者、加拿大國際學校女文員，在兩周潛伏期內曾多次去過蘭桂坊，蘭桂坊在短短兩日間就爆出最少 4 宗確診個案。

為此，我接受了報紙記者邀請，在 3 月 19 日到銅鑼灣及中環蘭桂坊巡視，採訪食客和酒吧客人。安全起見，出動了私伙眼罩、口罩、運動外套。我在晚上 8 時許隨記者從銅鑼灣轉到蘭桂坊時，附近多間酒吧僅得「小貓三四隻」，再向半山前行，幾個街口之隔的蘇豪區氣氛驟然扭轉，戶外戶內吧檯都有顧客三五成群，不論是東方面孔還是外籍人士，人人脫掉口罩觥籌交錯。據我的觀察，大半數外國人都沒有戴口罩，小半數有，上前向外籍暢飲者了解，有居港英國人認為戴口罩是一種文化，自己平時都會「入鄉隨俗」戴口罩上班。其友人則

指，保持理智及安全雖然重要，但認為不應過度焦慮，生活還是
要如常繼續[5]。

　　作為醫生，我覺得一定是人命重要。留得青山在，哪怕無
酒飲？所以我在當場和報道中，都鼓勵香港人要「忍　忍」，暫
時減少聚餐，食完飯談天時戴口罩，守好抗疫下半場。

　　一個月後，蘭桂坊酒吧樂隊相關群組確診個案超過 100 宗，
更出現第二代及第三代感染者，大部分沒有外遊記錄，社區大爆

發。加上大量外地傳入個案，香港累計確診病例在短短一個月，由 192 宗增加至超過 1,000 宗[6]。

　　回想起當天接受記者邀請去蘭桂坊做訪問，真的是搵命搏，捏一把汗，但卻是十分有前瞻性。

[1] 海外抵港人士強制檢疫安排擴大。政府新聞網 2020-3-15。
[2] WHO Director-General's opening remarks at the Mission briefing on COVID-19 – 2020-3-18。
[3] 截至 3 月 18 日 24 時新型冠狀病毒肺炎疫情最新情況。國家衛生健康委員會 2020-3-19。
[4] 確診者曾到蘭桂坊，酒吧為入場顧客量體溫。明報 2020-3-18。
[5] 港人抗疫鬆懈食飯飲嘢又出街，醫生：保住條命先再食過。蘋果日報 2020-3-21。
[6] 衛生防護中心調查新增 2019 冠狀病毒病確診個案。政府新聞公報 2020-4-18。

醫療沒有暫停服務

　　當大家害怕受感染，留在家工作，不敢外出時，醫護人員繼續硬着頭皮上班去。我們都是普通人，都有家人，但縱使我們也有害怕的時候，亦只能拍拍心口「頂硬上」，是愛，也是責任。

　　特區政府為應對冠狀病毒感染疫情，在 2020 年 1 月 28 日年初四最後一天假期宣布，政府部門會作出特別上班安排，除了提供緊急和必須公共服務的人員外，政府僱員在假期後無需返回寫字樓辦公，而是留在家中工作[1]。多個政府部門及司法機構 2020 年 1 月 29 日起暫停服務[2]：

　　警務處暫停的服務包括牌照課、性罪行定罪紀錄查核辦事處、無犯罪紀錄證明書辦事處、刑事定罪紀錄資料辦事處[3]。運輸署位於金鐘、長沙灣、觀塘及沙田的牌照事務處、公共車輛分組、過境服務分組、駕駛考試排期事務處、車輛檢驗中心、駕駛考試中心、筆試中心和市區及新界分區辦事處暫停服務[4]。司法機構，包括法院／審裁處的登記處及辦事處暫停辦公[5]。香港天文台資源中心暫停開放、「天文台全方位遊」亦暫時取消[6]。

　　社會福利署的所有資助幼兒中心、長者日間護理中心、庇護工場、綜合職業康復服務中心、綜合職業訓練中心及展能中心

均停止提供服務[7]。民政事務總署 17 區民政諮詢中心暫停開放[2]。衛生署灣仔牙科診所、油麻地牙科診所、上葵涌政府牙科診所和沙田尤德夫人政府牙科診所的夜診服務將會暫停[8]，其轄下 13 間學生健康服務中心暫停服務[2]。

郵政局櫃位服務、郵件派遞服務及郵箱收信服務暫停[9]。入境處的其他辦事處，包括所有智能身分證換領中心、各分區辦事處、其他人事登記辦事處、各出生登記處、各婚姻登記處及金鐘死亡登記處，均會暫時停止提供服務[10]。勞工處轄下的公共服務及設施暫停及關閉[11]。稅務局暫停所有服務[12]。房委會所有公共屋邨管理處、所有資助房屋的辦事處、所有公屋申請服務的辦事處暫停服務[13]。差餉物業估價署辦事處關閉[14]。破產管理署所有辦事處暫時關閉[15]。機電署位於九龍灣總部的註冊及許可證辦事處暫停服務[16]。康樂及文化事務署文康設施暫停開放，並取消在有關場地舉行的康樂、體育及文化活動，直至另行通告[17]。

當大部分公共服務及公司都暫停服務時，香港的醫生包括我在內，仍然每天在醫院和診所跟疫症搏鬥。因為，我們都是香港人。

1 特區政府宣布加強措施嚴控疫情。政府新聞公報 2020-1-28。

2 多個政府部門及司法機構今日起暫停服務。明報 2020-1-29。

3 警務處調整部分非緊急服務安排。政府新聞公報 2020-1-29。

4 運輸署轄下服務暫停。政府新聞公報 2020-1-28。

5 司法機構公布。政府新聞公報 2020-1-28。

6 香港天文台公布 2020-1-29。

7 農曆年假期結束後社會福利署資助福利服務及其轄下服務的特別安排。政府新聞公報 2020-1-28。

8 衛生署牙科服務安排。政府新聞公報 2020-1-29。

9 郵政服務特別安排。2020-1-28。

10 入境事務處服務安排。政府新聞公報 2020-1-28。

11 勞工處轄下服務及設施暫停。政府新聞公報 2020-1-28。

12 稅務局由一月二十九日至二月二日暫停所有服務。2020-1-28。

13 房委會公布受影響的公共服務。政府新聞公報 2020-1-28。

14 差餉物業估價署辦事處暫時關閉。差餉物業估價署 2020-1-28。

15 破產管理署辦事處暫時關閉。政府新聞公報 2020-1-28。

16 機電署公共設施明日起暫停開放。政府新聞公報 2020-1-28。

17 康樂及文化事務署，特別通告。2020-1-28。

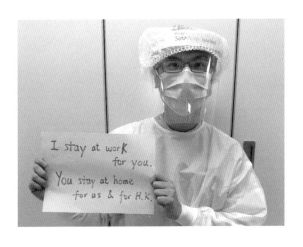

我們在醫院診所守護病人，請大家留在家抗疫。

在危難中，當大家都害怕受感染，而留在家工作，不敢上街時，醫護人員仍要繼續硬着頭皮上班去，是愛，也是責任。

路遙知馬力，日久見人心。

在漆黑裏，我們會害怕、惶恐、不安，找不到出路；在疫情中，我們會怕被感染、怕無口罩、無裝備、無消毒用品、無糧

食，人性盡表露。

2003 年沙士我們捱了 3 個月，2019 年麻疹又花了兩個月，而我不知道 2020 年的冠狀病毒要捱多久，但我深信，任何疫症總有完結的一天。

香港人要自救、守望相助、咬緊牙關、齊上齊落。這段漆黑的路，我們一起走，不久之後在隧道盡頭出口見。

第二章

抗疫的家庭

怕禍及家人

　　醫生也是普通人，我們也會患病，也會怕被感染，更加怕禍及家人。我們的工作要照顧生老病死，亦要面對不同的傳染病。要怎樣保護病人、同事及家人，避免大家受到傳染就是我們的責任。

　　要免受感染，先要了解病因、病原體、傳播途徑、潛伏期等，才可知道怎樣預防。關於這些問題，我在本書第四章中〈傳染病的預防方法〉一文會有詳細描述。冠狀病毒病和流感的傳播途徑都是一樣，經呼吸道飛沫傳播，亦可通過接觸傳播[1,2]。

　　醫生眼中的「Dirty」和「Clean」跟一般人不同，我不怕屎，卻着眼看不見的細菌及病毒。在 2003 年的沙士，我們設立「Dirty」和「Clean Team」，目的是防止交叉感染。就像當年，我和太太都須接觸確診個案，我們便住在宿舍，不回家，目的是防止感染家人。沙士之前，我巡病房時要穿袖衫、西褲和打領呔；沙士期間及之後，醫生都換了藍色扣紐工作服，目的是防止感染。

　　除了衣服外，我連身上的東西也會一式兩件，回到醫院診所，會戴另一副眼鏡和眼罩，換上另一隻膠錶，穿另一雙膠鞋。衣服每天更換每天清洗，眼鏡、眼罩、膠錶和膠鞋，每天都會放

入膠桶浸 1 比 49 稀釋漂白水消毒。在醫院洗澡後，然後換上運動衫褲、拉鏈外套、運動鞋，才動身回家。電話只有一部，所以我會用保鮮紙密封着，在醫院、辦公室和家中都會更換。

回到家，不會穿着鞋子踏入家中，在門前脫鞋，用手拿着放入鞋櫃。要避免接觸家具及家人，脫掉外套、衣服和口罩，先去洗頭和洗澡，再換上普通衣服及電話的保鮮紙，然後才在家中如常活動。太太因為診所工作會接觸發燒病人，及可能接觸到有外遊記錄的人，所以她在家中會戴着口罩，目的只是保護身邊老小。

在冠狀病毒病確診者中，有傳染家人的群組。可是，在 2003 年沙士和 2020 年冠狀病毒病，雖然都有醫生受感染，但他們卻沒有禍及家人，這就是醫護人員對防疫謹慎的堅持和執著。

¹ 季節性流行性感冒。香港衞生署衞生防護中心 2019-7-18。
² 2019 冠狀病毒病。香港衞生署衞生防護中心 2020-3-18。

停課的生活

　　行政長官林鄭月娥在 2020 年 1 月 25 日早上從瑞士達沃斯出席了世界經濟論壇年會後，在下午親自主持一個新聞發布會，宣布其中一個策略以減少在香港本地社區的感染和傳播風險，就是延遲中學、小學、幼稚園、幼兒園及特殊學校在農曆年假期後復課的日子至 2 月 17 日 [1]。三個女兒被困在家幾個月的生活，正式開始。

　　在停課的第一個星期，因為我和太太都要繼續回醫院診所照顧病人，所以女兒們每天都懶洋洋地呆在家，遲睡遲起，百無聊賴。有時一整天看圖書，小女兒玩毛公仔又一天，大女兒上網再一天。

教育局在往後幾個月的不同日子，不斷延長停課安排 [2]：
- 1 月 31 日，教育局宣布延遲全港學校復課至最早為 3 月 2 日 [3]；
- 2 月 13 日，教育局宣布全港學校進一步延遲兩星期復課至最早為 3 月 16 日 [4]；
- 2 月 25 日，教育局決定全港學校進一步延長停課至不早於 4 月 20 日 [5]；
- 3 月 18 日，教育局長楊潤雄出席立法會會議後與傳媒談話，說在 4 月 20 日全面復課的機會很微 [6]。

2 月初，我們決定為女兒建立良好的習慣，首先是早睡早起，由運動開始。早上 8 時半起牀後，我和女兒們一起 15 分鐘運動，至黃昏太太放工回家後，會帶她們去公園再做運動，例如緩步跑、打羽毛球、打排球等。運動後，女兒晚上倦了，早睡了，然後翌日早起。

　　然後要教導女兒時間管理，我們一起編排時間表，計劃作息時段，有小息、午餐和遊玩時間。起初她們的時間觀念弱、自律性低，後來在我們的鼓勵和指引下，她們才漸漸學懂自動自覺管理時間，有時候反而是最小的妹妹提醒兩位姐姐呢！大姐姐通常擔任家中風紀，管束妹妹，我們也乘機教大女兒律己以嚴，待人以寬的道理。

　　後來學校開始網上課堂，及派發功課。有些家長嫌課堂功課太少，太太卻反對長時間於網上授課，這會影響小朋友的眼睛健康。我們認為，疫症大流行時期，有危也有機，除了書本上的知識外，人生還有很多東西需要學習，讓爸媽跟小女兒一起成長。

　　直至 5 月 5 日，教育局局長在抗疫記者會宣布，學校會有

秩序分三個階段，以半日上課為原則逐步復課：第一階段即 5 月 27 日中三至中五學生，第二階段 6 月 8 日小四至中二，第三階段 6 月 15 日小一至小三復課[7]。4 個半月的停課日子，太難忘。

[1] 行政長官抗疫記者會開場發言。政府新聞公報 2020-1-25。
[2] 香港教育局網站 – 最新消息。
[3] 教育局宣布全港學校最早在 3 月 2 日復課。政府新聞公報 2020-1-31。
[4] 全港學校延遲復課的相關安排。香港教育局致全港學校信 2020-2-13。
[5] 全港學校延遲復課的相關安排。香港教育局致全港學校信 2020-2-25。
[6] 教育局局長談復課安排和外地回港留學生。政府新聞公報 2020-3-18。
[7] 教育局局長抗疫記者會開場發言。政府新聞公報 2020-5-5。

醫生爸爸
體育課

香港人的家居，樓價貴，面積小。叫各位在家中做運動，是否很離地？我教女兒，遇到困難，想辦法解決。

萬事起頭難，我為大家介紹一套動作，只需要一張椅子和一道牆，7 分鐘一組，適合新手，較易入口，容易上手，高強度循環訓練。

這套運動包括 12 個動作，利用自己體重作為負重的高強度循環訓練（High-intensity Circuit Training, HICT），根據美國運動醫學會《健康與健身雜誌》在 2013 年發表的一項鍛煉研究，是一種可以減肥、改善心血管和肌肉健康的方法[1至4]。每個動作只需 30 秒，動作之間休息 10 秒，總共 7 分鐘的運動。

1. 開合跳（Jumping Jacks）
2. 無影櫈（Wall Sit）
3. 掌上壓（Push-up）
4. 仰臥起坐（Abdominal Crunch Sit-up）
5. 踏台階（Step-up onto Chair）
6. 半蹲（Squat）
7. 屈臂支撐（Triceps Dip on Chair）

8. 平板支撐 (Plank)

9. 原地提膝踏步 (High Knees)

10. 弓步 (Lunge)

11. 掌上壓後轉身 (Push-Up and Rotation)

12. 側身平板支撐 (Side Plank)

我們可以在 YouTube 找影片看動作示範，也可以下載手機程式，用手機播放，在家或公司都可做運動。

世界衛生組織建議，年滿 18 歲或以上的成人每星期至少進行 150 分鐘中等強度帶氧體能活動[5]。那麼只要每天在家做 3 組，每星期 5 天，便可輕鬆達標。

超重、肥胖、先前受傷的人或年長者和患有合併症的人應格外小心。對於患有高血壓或心臟病的人，不建議進行等軸測運動（牆坐，木板和側面木板），運動前應該事先問問醫生意見。

當女兒覺得悶了，我便改變運動項目，有一個星期在 YouTube 播放韓式舞蹈，我跟女兒一起跳 K-pop，另一個星期又在 YouTube 搜尋「workout」一詞，一起跳健康舞。她們漸漸地

養成了良好習慣，每天一大清早，二女兒便打開 YouTube 播放器，大女兒走到我的牀邊把我吵醒，三女兒嚷着要一起做運動，爸爸想睡懶覺也不行。

[1] Klika, Brett and Jordan, Chris. High-Intensity Circuit Training using body weight: Maximum Results With Minimal Investment. ACSM's Health & Fitness Journal: May/June 2013 – Volume 17 – Issue 3 – p 8–13.

[2] Lama Mattar. Medium term effect of the seven-minute high intensity workout on body weight, lean body mass, grip strength and heart rate. Surgery for Obesity and Related Diseases, Volume 11, Issue 6, Supplement, Page S155.

[3] The Scientific 7-Minute Workout , New York Times, 2013-5-9.

[4] We Tried It: The 7-Minute Workout, Huffington Post, 2013-6-12.

[5] Physical activity. World Health Organization. 2018-2-23.

醫生爸爸
戶外課

　　星期一至五及星期六早上，我和太太都從未間斷地每天外出到醫院和診所抗疫。星期六和星期日是家庭日，太太會為女兒整理一個星期的學習進度，追功課。而我卻堅持要把握機會去戶外親親大自然。

　　在 2020 年 2 月初，當公共服務停工，銀行關門，大家不敢乘搭交通工具時，我們決定找個沒有人的地方，去郊外走走。有一個星期三立法會無大會，帶了三個女上馬騮山。就這樣一星期有兩天都去了馬騮山到處走，我們選取的都是兩小時內的行程，例如鷹巢山自然教育徑（1.5 小時）、孖指徑、金山樹木研習徑及九龍接收水塘（1.5 小時）、石梨貝水塘（1.5 小時）等，有馬騮也有野豬，適合一家大小輕鬆行。有一天，女兒提議不要再行馬騮山，然後我帶她們去大帽山，青衣的回歸紀念徑也是好去處，我們分別從南北入口行了兩次。

　　大家行山前，可以上網查找資料，再計劃行程，在此為大家介紹漁農自然護理署「郊野樂行」網站 http://hiking.gov.hk，或綠洲網站 https://www.oasistrek.com 。

　　2月下旬，當大家都蜂擁去行山時，我們為避開人群，改了去踩單車。沙田和大埔都很多人，我介紹大家去馬鞍山的大水坑，那裏有個單車公園可以租單車。平日一天的租金只是30元，大人可以用共享單車。公園旁邊有停車場，也可以搭港鐵去大水坑站，十分方便。我們由大水坑踩單車至科學園，在那裏可以吃午餐，也可以買雪糕吃，女兒們很滿意。

　　保持均衡飲食、恆常運動、充足休息，避免過度緊張、不要吸煙和避免飲酒，以建立良好身體抵抗力。

醫生爸爸家居衛生課

每次由街上回到家中，都是家居衛生課，目的是不要將沾在身上和衣服上的飛沫帶回家。

女兒都知道在升降機內要戴口罩，不要用手亂碰，要用紙巾或廢紙隔着。在家門前把鞋脫下，用手拿鞋入屋放進鞋櫃。不要用手碰其他東西，先去洗手。然後脫掉外衣，最後才脫口罩，再洗手。通常回家後，我們都會去洗澡和洗頭，換了清潔的衣服，才在家活動。

有人問，在家中是否需要戴口罩？我認為不需要。除非你有病徵，又或者你有被感染的風險，例如曾經接觸確診個案，或最近有外遊記錄，被強制家居隔離，而家裏又有其他家人的時候，我們便建議在家中也戴口罩。

每日清潔和消毒家居環境。可使用 1 比 49 稀釋家用漂白水消毒，要留意漂白水的效力要待 15 至 30 分鐘後才有效，之後可用清水清洗並抹乾，金屬表面則可用 70% 酒精消毒。1 比 49 漂白水，把 20 毫升含 5.25% 次氯酸鈉的家用漂白水（通常漂白水樽蓋容量是 20 毫升），加入 980 毫升清水（大概一公升水），然後混和。稀釋時要用凍水，因為熱水會令成分分解，失去效能。

經稀釋的漂白水，存放時間愈長，分解量愈多，殺菌能力便會降低，所以最好在 24 小時內用完。漂白水是一種強而有效的家居消毒劑，其主要成分是次氯酸鈉（Sodium Hypochlorite），能使微生物的蛋白質變質，有效殺滅細菌、真菌及病毒[2]。新加坡政府為消除病毒的家用產品  和有效成分制訂了一份清單。消除病毒用品並不是叮噹法寶，不是拿上手便有效，注意除了有效成分外，還要留意接觸時間，一般用後都要放置 10 分鐘才有效[3]。

在家裏保持窗戶打開，確保共用地方空氣流通；如廁後先將廁板蓋上才沖廁，以免散播病菌；妥善保養排水渠管和每星期把約半公升的清水注入每一個 U 型隔氣排水口，以確保環境衛生[4]。

醫生所做的預防方法，不需花費大量金錢，由基本做起。

[1] 家居檢疫人士的感染控制建議，香港衛生署衛生防護中心。
[2] 漂白水的使用，香港政府資訊。
[3] Interim List of Household Products and Active Ingredients for Disinfection of the COVID-19 Virus. The National Environment Agency. Singapore. 2020-2-4.
[4] 2019 冠狀病毒病預防方法，傳染病健康資訊，香港衛生署衛生防護中心。

醫生爸爸函數課

自從 2020 年 1 月疫情出現開始，我每天到官方網站包括國家健康衞生委員會、國家衞生健康委員會官方微博、香港政府新聞公報、及香港衞生署衞生防護中心網站，蒐集數據，然後畫圖表。

大女兒自從疫情開始，學校停課，便常常用電腦上課、做功課、聽歌、跟朋友談天。有一天，我教曉她怎樣蒐集數據，放在試算表 (Excel)，然後教她怎樣畫圖表，和在簡報 (Powerpoint) 編輯。自她學懂後，便由她負責每天蒐集數據畫圖表，而我負責校對和在議員網站及社交媒體發布。

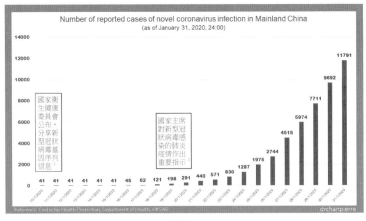

圖一

我嘗試用數學方法監察和預測肺炎情況。有人說，由 1 月 10 日的頭兩個星期，確診病例如直線般不斷攀升。我有些不同意，雖然確診病例在頭兩個星期，好像不斷向上，但是現實上不可能無限地增加。歷史告訴我們，疫情總有冷卻的一天，問題是需要多少時間，和會有多少人受影響。

　　我每天都在蒐集官方數據，然後畫圖表，就是希望有一天疫情像乙狀曲線 (Sigmoid Curve) 般出現減慢和平穩的勢頭，之後再估計隔離和戴口罩的日子。而中國內地大概在武漢封城 28 天後，開始出現乙狀曲線，又名邏輯函數增長 (Logistic Growth)，它是由 Pierre François Verhulst 在 1838 年至 1847 年的三篇論文中開發 logistic function……（下刪 3,000 字），讀初中的大女兒不明白函數，回想起當年的函數數學課，實在有點沉悶，有點艱辛。

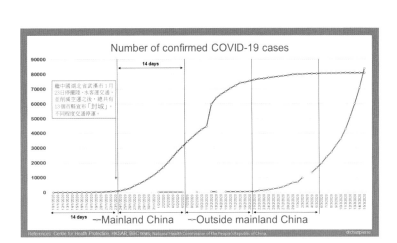

圖二

陳沛然。肺炎系列（四十八）肺炎最新消息 2020-2-6。

中國將與世衞分享武漢肺炎新型冠狀病毒基因序列信息。香港電台新聞 2020-01-11。

習近平對新型冠狀病毒感染的肺炎疫情作出重要指示。中國政府網 2020-1-20。

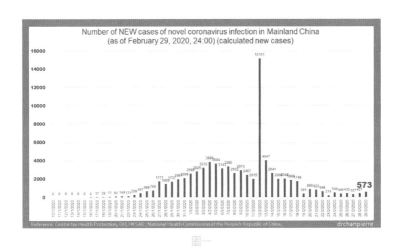

醫生爸爸統計課

上回提要，大女兒幫忙每天蒐集數據，然後畫圖表，不知不覺間講到乙狀曲線及函數，女兒頭上打滿問號。所以我把難度降低，跟她講解統計圖表，會令人產生錯覺的故事。

圖一

上圖是中國內地每日報告新增確診病例，印象中數目比之前少了很多。由 2020 年 2 月 19 日起，世界各地發生第二波爆發，香港傳媒都集中報道南韓、意大利、伊朗。無論是看新聞或是看圖，感覺南韓和意大利新增確診數字很高。

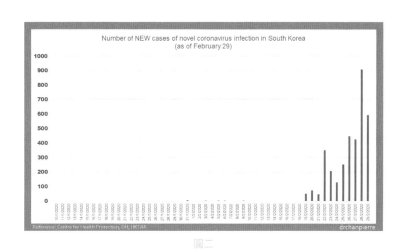

圖二

　　看圖表，要留意橫軸（X）與縱軸（Y），數字刻度，是否由零開始，最大的數字如何。第一幅圖，縱軸最大數字是 16,000，所以令大家覺得其後的數字很小，也覺得 2 月 29 日的 573 個新增確診病例相對渺小了。

　　將 2020 年 2 月下半月，出現冠狀病毒病活躍社區傳播地區的 14 天數字並排列出，製作以下圖表，中國內地在 2 月下半月，每天仍然有幾百宗新增個案。

	China	Korea	Italy	Iran
16/2/2020	2048	1	0	0
17/2/2020	1886	1	0	0
18/2/2020	1749	1	0	0
19/2/2020	394	51	0	2
20/2/2020	889	74	0	3
21/2/2020	397	48	14	13
22/2/2020	648	352	0	0
23/2/2020	409	207	115	25
24/2/2020	508	130	97	18
25/2/2020	406	253	93	34
26/2/2020	433	449	78	44
27/2/2020	327	427	250	106
28/2/2020	427	909	238	143
29/2/2020	573	595	240	205

圖三

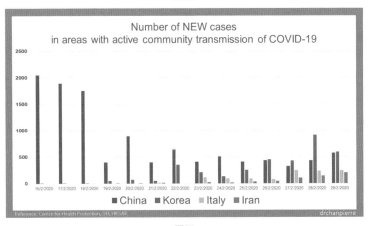

圖四

大女兒這次明白了。

總結

●圖表也會令人產生錯覺;

●看圖表,要留意橫軸 (X) 與縱軸 (Y) 的數字刻度,是否由零開始,最大的數字如何;

●要看實際數字(盡量減少轉換、計算);

●抗疫不能鬆懈,要保持良好的個人及環境衛生。香港人加油。

國家健康衛生委員會 – 疫情通報。

　　大女兒負責每天蒐集疫情數據，畫圖表，而我負責做分析。有一天，網上流傳病毒好像懂得數學，維持死亡率在 2.1%，女兒不明白何謂死亡率，我告訴她其實在小學已經學過了，就是百分比（又名百分率）、分數、小數點、比例、除數而已。

　　死亡率是百分比，就是死亡數目，除以確診數目，然後乘 100%。% 是 1/100 的符號，% 有兩個數字：分子和分母。百分比就是 100 份上佔有多少份。百分比和小數點在數學上是互通的，例如 50% = 50/100 = 0.5（見圖一）。

$$50\% = \frac{50}{100} = \frac{1}{2} = 0.5$$

drchanpierre

圖一

　　分數，分子和分母。分數源自拉丁文 frangere 這個字，意思是打破、斷裂，英文是 fraction。分母在下面，即是一件東

西分成多少份；分子在上面，代表當中佔有多少份。分子數字愈大，實際數值愈大；相反，分母數字愈大，實際數值愈小，試想想一件東西切得愈多份，分量就愈小。

百分比（%）是加了工的數字，例如：在 4 月頭，英國、荷蘭、聖馬利諾的死亡率大概都是 11%（見圖二）。可是看實際數字，英國（7097/60733）即是 6 萬多人確診，當中 7 千多人死亡，荷蘭（2396/21762）、聖馬利諾（34/308），死亡人數差得多，在聖馬利諾死了 34 人，而在英國死了 7 千多人。

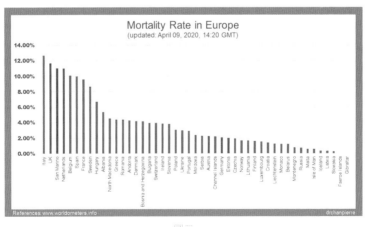

圖二

同樣地，在同一天，德國、奧地利、愛沙尼亞的死亡率大概都是 2%，但看實際數字，德國 (2349/113615)、奧地利 (295/13163)、愛沙尼亞 (24/1207)。德國和荷蘭死亡數字都是 2,300 多人，可是荷蘭的死亡率卻高很多，原因是德國的分母大，即確診數字大，計算下百分比就變小了。

　　「通分」是利用約分或擴分，將兩個分母不同的分數，分別化為同分母的分數，而分母同為 100 就是百分比了，方便作出比較，這是好處。有利亦有弊，經加工後的數字，可以令人產生錯覺。

　　在疫情期間，計算死亡率是不準確的，不過卻有點參考意義。通常是疫情完結後，計算才準確。女兒覺得學以致用，很安慰，就這樣她繼續幫我每天輸入數字。

抗疫的一個星期日

抗疫的一個星期日，做了很多事：

1. 上午出席教會崇拜（網上版本）；

2. 也如常處理陳仔新聞頻道，大女兒先製作圖表，我做校對及報道工作；

3. 在香港電台的 Letter to Hong Kong 出街（英語進行）；

4. 議員街頭橫額掛好了；

5. 製作新圖表，發現了一些東西，之後找了些資料，寫了一篇文章；

6. 一天共寫了 4 篇網誌文章；

7. Yahoo TV 抗疫攻略第七集，今天校對完成，出街；

8. 陪女兒讀書和做功課；

9. 看英超足球比賽直播，我是足球員，這很重要；

10. 更重要、最重要的是，陳太牛一，有龍仔和豬女為她賀
　　壽。

老婆，生日快樂。

[1] New approach to epidemics needed, says Pierre Chan. RTHK2020-3-1。
[2] 陳沛然。專家早已提出果斷措施，惟理性未必時時戰勝。香港 01，2020-3-1。
[3] 政 Whats 膠：抗疫慢憔理專家意見，陳肇始被唔批唔理性。東方日報 2020-3-1。
[4] 陳沛然。肺炎系列（九十二）街頭橫額 2020-03-01。
[5] 陳沛然。肺炎系列（九十三）圖表也會令人產生錯覺 2020-03-01。
[6] 陳沛然。肺炎系列（九十四）議員抗疫的一個星期日。
[7] 陳沛然。肺炎系列（九十一）陳仔教育電視 eTV 2020-03-01。
[8]【抗疫攻略】唔想帶病毒返屋企？入屋後記得做好 5 件事！Yahoo 新聞。

疫情中結婚周年紀念

老婆：

　　上星期問你，今年結婚 15 周年紀念日，會否在疫情中堅持去那間酒樓吃飯？

　　25 年前，我們在大學相識，當時我住在 200 呎公屋、單親家庭、沒有背景。仍然不明白，為何你會選擇我、接受我，還要跟我一起儲錢做首期買樓，辛辛苦苦地只是買到一間補地價的居屋。回想起那段日子，一個月要當值 5 至 6 次每次 36 小時、晚上又要讀書應付考試、我儲首期之餘更要償還讀大學的貸款，為何你要陪我捱呢？

　　17 年前，你在聯合醫院急症室抗疫，全身保護裝備，放工後不敢回家，留宿在醫院旁的宿舍，怕將病毒帶回家中。我去探望你，我們一起祈禱，那時候你很有信心會戰勝疫症。

　　15 年前的那天，天氣冷到只有攝氏 10 度，你只穿上薄薄的衣服在室外拍照，今天也是有點冷。15 年前的晚上，我們在一間普通的酒樓設下晚宴，當年我們本來想去酒店擺酒，可是雙方家長有意見，一個說酒樓食物比較好吃，另一個要求魚要大一點、魚翅要多一點。結果你找到這家酒樓，滿足了雙方家長的特殊要

求。幾年後，酒樓由寂寂無名變成米之蓮一星級酒家。我至今仍然不明白，為何你的眼光這麼好。

10 年前，為女兒挑選幼稚園和小學，你放棄名校，選擇有潛質但不出名的學校，幾年後幼稚園和小學都變了名校。我至今仍然不明白，為何你不選擇名牌學校。

5 年前，我們在酒樓吃晚飯慶祝結婚 10 周年紀念，相約在 5 年後重臨舊地。

常常有人問我：
● 「為何能身兼多職？」因為，「正心、修身、齊家。」（禮記、大學）
● 「如何找個好的另一半？」「因着信，凡事包容，凡事相信，凡事盼望，凡事忍耐。」（哥林多前書 13：7）

至今仍然不明白，為何你的眼光這麼好，信心那麼強。

今晚，我們又回到那間寂寂無名的酒樓吃飯，戴着口罩和酒精搓手液去慶祝結婚 15 周年紀念，這是恩典。

老公上

退守家中

　　2020 年 3 月 12 日，香港當時有 130 宗確診個案，英國政府首席科學顧問瓦蘭斯（Patrick Vallance）公開提到，由於絕大多數患病的人病徵輕微，因此可以增強群體免疫力（Herd Immunity），更多的人對冠狀病毒免疫，從而減少傳播[1][2]。英國首相約翰遜（Boris Johnson）警告說，在英國冠狀病毒爆發期間，更多人需要準備面對失去親人[3]。

　　3 月 15 日，香港政府公布，對愛爾蘭、英國及美國發出紅色外遊警示，對由該三個國家抵港的人士加強衛生檢疫安排，要求有關人士接受家居強制檢疫。不過落實日期在 3 日後，即 3 月 19 日才生效。在 3 月 15 日至 21 日的一個星期，香港增加了 132 宗確診個案，當中 106 個有外遊記錄[4]。

　　3 月 22 日早上，我的太太下命令女兒退守家中兩個星期，不踏出家門半步。晚上，我跟太太說接受家居強制檢疫的人士，已經超過 20,000 人[5]，「梗有一個喺左近」。話說未完，在家中聽到門外有行李移動聲音，有人說從外國剛回來香港，從門的防盜眼看出去，人走進屋子了，行李放在門外。

　　3 月 30 日，我們發現政府公布新的確診個案名單中，有一

位是住在同一座大廈的；第二，發病日期在 3 月 22 日；第三，
潛伏期及傳染期內沒有外遊記錄；第四，不是強制家居檢疫人士。
3 月 22 日至 4 月 4 日的兩個星期，香港增加了 589 宗確診個案。
太太說，在 3 月 22 日的決定果斷及正確。連續幾個星期六日，
我在星期六早上從醫院工作完回家後，便陪女兒們退守家中。

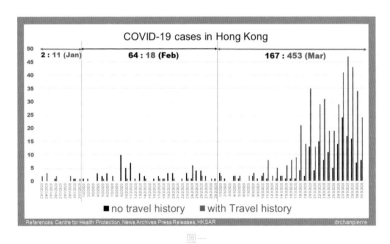

圖一

Boris Johnson's U.K. Virus Strategy Needs People to Catch the Disease.
Bloomberg 2020-3-13.

Coronavirus: science chief defends UK plan from criticism. The Guardian
2020-3-13.

Coronavirus: Johnson warns 'many more families are going to lose loved ones'
— video. The Guardian 2020-3-12.

香港政府新聞公報。2020-3-15 至 21。

行政長官於行政會議前會見傳媒開場發言及答問內容。政府新聞公報2020-3-17。

醫生媽媽美術課

　　2020 年 3 月中，外國疫情爆發，大量香港留學生和工作人士趕回香港，導致輸入個案數字急升 10 倍，在 2 月有 18 宗，到了 3 月有超過 250 宗輸入個案，然後引發本地人傳人。甚至我的隔壁鄰居也是剛從外地回港，需要接受強制家居隔離。於是我們對女兒下了不出街令，時限兩星期。

　　整天被困在家，星期一至五常常要對着電腦熒光幕、休息時候又看書，對眼睛來說很疲累。所以在一個星期天下午，太太叫女兒望着遠處寫生，進行健康的親子活動。

　　幾個星期後，太太說在新聞看到外國有藝術家在家中露台創作，西班牙有 7 間藝術機構，受意大利民眾啟發，聯合邀請 14 名藝術家在自己家中露台創作作品[註]。太太笑說，女兒一早已經做到了。

　受意大利人露台 Jam 歌啟發，美術館委約藝術家創「露台作品」，立場新聞 2020-4-9。

　Inspired by Italy's spontaneous singing, museums commission artists to make 'balcony art' during coronavirus crisis. The Art Newspaper 2020-4-8.

二女的畫作

三女的畫作

醫生媽媽烹飪課

疫症大流行，我取消了所有應酬活動，而且立法會大樓每晚 8 時關閉，多了回家吃飯，太太和女兒最開心。

太太一如既往，蒸炒煮炸，還有最愛焗麵包，因為她說街外的麵包太多糖和太多油，為了女兒健康，自製麵包。焗爐還可以弄薄餅、烤肉、焗薯、焗蛋糕、整曲奇餅等等。最搞鬼的是，工人姐姐也被太太感染了，喜歡焗烤東西，兩位女士陶醉在焗爐美食中。

大女被困在家，也幫手煮菜，除了自己煮早餐外，最拿手是煎牛扒，還可以計算出半熟牛扒所需要的時間。

二女長高了，剛好站在爐頭，在這個疫症期間，先學會了炒蛋、煎薄餅。有一天太太生日，女兒們一起弄早餐送給媽媽。我問二女懂得煮什麼菜，她說炒蛋、太陽蛋、芝士炒蛋、蕃茄炒蛋、煎薄餅、朱古力煎薄餅等。

三女兒還未夠高，不過她學懂了在飯前和飯後執拾桌面，長進了。

而我也第一次用手機程式成功叫外賣，實時告知食物準備情況，連在電單車運送途中也在手機地圖顯示，女兒覺得很新奇有趣。另一晚，我叫了外賣打邊爐，4 人餐只是 $319，分量很多，我們一家 5 口分了兩天才吃完一個餐。從來沒有想過打邊爐也可以外賣，香港人在疫情中自強，打電話去查詢，知道一晚有 80 多個外賣邊爐訂單呢！

醫生爸爸
遊戲課

　　困在家裏，除了看電視、煲外國劇、上網、打遊戲機外，還有益智親子活動。我喜歡跟朋友和女兒玩桌上遊戲，一來不是對着電視和手機熒光幕，二來可以增加人與人之間的溝通，三來益智。桌上遊戲不只是傳統的大富翁、戰國風雲，還有很多更新更好玩的桌上遊戲，我的女兒們都很喜歡玩「鐵道任務」(Ticket to Ride)。

　　此遊戲可以由 2 個至 5 個人玩，盒上寫適合 8 歲以上，而我的女兒 5 歲便加入戰團，每局大概只需一小時。遊戲目的是看誰獲得最高分，而得分方法有 3 個：

1. 在地圖上用相同顏色車票，買連接兩個城市之間的路線，路線距離愈遠得分愈高（1 架火車 =1 分，2 架 =2 分，3 架 =4 分，4 架 =7 分，5 架 =10 分，6 架 =15 分）；
2. 完成不同任務（可獲 4 至 22 分）；
3. 最長的連續路徑（只有一個人可獲 10 分）。

　　通常玩家取得 90 至 130 分，要勝出遊戲，就要取得 120 分以上。

遊戲進行時，玩家要執行以下三個動作之一：

● 拿火車票（有不同顏色，共 8 種顏色和 1 種彩色百搭牌）
● 買一條路線
● 抽任務卡

　　每位玩家開始時有 45 架火車，當其中一位用完手上的火車時，遊戲便進入最後一圈，然後遊戲結束，計分。

我的評語：

● 好玩，遊戲設計得簡明，易上手，節奏明快，一個小時內可完成；
● 以前跟朋友玩，現在成為家中親子活動；
● 沒有擲骰子，幸運成分較少；
● 遊戲訓練計劃行程、先後次序。雖然不需要互相攻擊，但是要鬥智，也要互相阻塞，有時氣氛會有少少緊張，有時會令人哈哈大笑；
● 我的女兒們很喜歡玩。

　　此遊戲原始版是美國地圖，其後出了很多變化版本，例如歐洲、亞洲、德國、印度等版本，更有網上版可以跟世界不同國家的人對戰。

我家裏沒有電子遊戲機，卻有很多親子桌上遊戲，女兒們都很喜歡和爸爸媽媽一起玩。桌上遊戲的好處是要坐在一起、動腦筋、要交談、有說有笑。

跟大家分享一些益智親子桌上遊戲：
● My First Stone Age
● Out-foxed
● Bill & Betty Bricks
● Settlers of Catan
● Coloretto
● Azul
● Spinderella
● 森林的法則
● 手語樂融
● 桌遊識中國歷史

大流行的足球員

有記者問我在疫情大流行期間有沒有踢足球,我回答說:「我很乖,幾個月無波踢了。」

為配合政府「對公共衛生有重要性的新型傳染病預備及應變計劃」下提升應變級別至緊急及避免市民聚集,康樂及文化事務署由 2020 年 1 月 29 日起暫停開放文康設施,包括所有體育館、運動場、草地球場、人造草地足球場等,並取消在有關場地舉行的康樂、體育及文化活動,直至另行通告[1]。之後,硬地足球場的龍門框架更在 3 月 28 日被搬走[2]。

2 月的八強賽事被取消了,今屆我所屬的醫院隊在分組階段以全勝姿態首名出線,隊形前中後都很完整。然後,每星期的足球學校的練習也取消了。

不過,我對足球的熱愛無法阻擋。首先,在 1 月頭出版了第一本書,《我是立法會足球員,興趣做醫生》,以足球員名字出書,深感榮幸。書本義賣,在頭三個月已經將手上第一版的 300 本書寄給讀者,也將收益全數捐贈香港肝癌及腸胃癌基金會。

其次，我在立法會除了提交了超過 10 封有關疫情的書信，和積極跟進防疫政策外，在 3 月 18 日，我在立法會會議上為足球提出書面質詢，詢問康樂及文化事務署關於轄下硬地足球場，有關 5 人硬地足球場、7 人硬地足球場及 11 人硬地足球場三類足球場目前的數目。

加上，全世界的足球比賽也停頓了，而且有很多職業足球員感染病毒，當中更有年輕教練染病死亡，令人惋惜。不能看足球直播事小，足球員不幸染病死亡或康復後肺功能受損事大。

再者，作為足球員，除了回醫院、立法會外，要盡量留在家中，可是絕對不會忘記鍛煉。每天早上我會跟女兒們做早操，詳情可以看〈醫生爸爸體育課〉一文。然後我亦會加操，多做掌上壓、仰臥起坐，及 FIFA 11+。

4 月 16 日，我聯同一班體育教練包括足球教練舉行記者會，反映體育教練的苦況。政府推出的次輪基金仍然遺漏甚多，不但對私人診所支援不足，對體育界也是一樣，要求政府盡快在抗疫基金補漏拾遺。

最後，在疫情期間，為了防疫考慮，減少了穿著難於清洗消毒的西裝，多數穿波衫和運動拉鏈外套，在立法會開會、開記者會和上電視出鏡時亦然，因為我是足球員。

康樂及文化事務署，特別通告。2020-1-18。

康文署「搬龍門」維園足球場明起封場。蘋果日報 2020-3-27。

立法會十六題：康樂及文化事務署轄下硬地足球場，在立法會會議上陳沛然議員的提問和民政事務局局長劉江華的書面答覆。政府新聞公報 2020-3-18。

Roger Gonzalez. Coronavirus: Soccer players, coaches and club members who have tested positive for COVID-19. CBS Sports 2020-3-28.

8 成體育教練不滿一次性補助，議員促盡快補漏。東方日報 2020-4-16。

女兒的日記

　　二女兒的小學功課，要寫一篇周記，我得到她的同意下，跟大家分享。

＊　　＊　　＊　　＊　　＊　　＊

　　從 1 月開始，武漢有一種神秘的疫症，這個肺炎傳到全世界，包括香港。到了 2 月，香港的學生為了安全，全部學校都停課。

　　我在停課後就呆在家裏，不知做什麼。我訂了一個時間表，生活就更有規律，更充實。每天從 9 點開始，我都會跟着時間表做功課、練習樂器、看書、跟妹妹玩，而且還有體育課呢！我在家一有空就會拿書出來看，可是妹妹想和我玩娃娃，常常拖我去玩。雖然我覺得有點煩，但是跟她玩的時候也很開心。

　　後來，學校安排了在網上上課，希望我們不會因為停課耽誤了學業，我平均每天上一課。網上 Google Meet 和 Zoom 跟平常上課的感覺完全不同，可是有時候電腦的訊號不太穩定，畫面

和聲音有時會中斷和變花。通過電腦上課和聊天不會傳染到病毒，但我還是喜歡在課室上課多一點。

在這次停課的經驗中，我學會自律，因為爸媽要上班，所以我要自己在家學習。希望這場疫症的戰爭會盡快結束。

網上的
教會生活

　　當政府在 2020 年 1 月 25 日宣布學校停課後，教會的兒童主日學隨即暫停，我家三女兒只好留在家中，我和太太一來要照顧女兒，二來我們工作時要照顧病人，安全起見亦沒有親身回教會。

　　太太是教會執事，又是醫生，所以被教會委託制訂預防傳染病安排：

1. 所有發燒或腹瀉的人士，請留在家中休息，避免回來聚會。有呼吸道徵狀的人，建議在教會全程帶上口罩或避免回來聚會。
2. 當本港有疫症爆發，兒童主日學的課室 A 及 B，將只開放一個門口，所有進入的兒童都必須用酒精液擦手，進行耳探，如發現有發燒，請家長立即帶同兒童離開。
3. 呼籲各位如非必要，請不要回內地及外遊。
4. 從內地或外地回港兩星期內，如出現呼吸道徵狀，腹瀉或發燒，請盡快去看醫生及避免回來聚會。
5. 如會眾家人、同事或同學證實患上冠狀病毒病，請通知教會。

　　起初可能有人覺得安排太嚴厲，後來在「福慧精舍」佛堂出

現群組爆發，有 14 名善信及其家人確診[1]，以及韓國疫情大爆發，疫情溫牀是新興宗教團體「新天地耶穌教會」的聚集性感染[2]。教會也是人群聚集形式，緊密接觸，高危地方。制訂嚴謹的預防傳染病安排，保護教會，也保護弟兄姊妹。

在 2 月，教會安排了網上直播星期日崇拜，仍然有一半人親身回到教會。到 3 月，政府實施「限聚令」，禁止 4 人以上在公眾地方聚集，教會沒有豁免，故此教會變陣，只安排 4 位工作人員回到教會，負責講道、領詩、詩琴及拍攝。

而教會的其他活動包括兒童主日學、少年主日學、小組活動、團契、查經班、探訪，也為了減少人群聚集而暫停。每天有人把靈修資料和經文放在教會面書專頁，禱告不會停。

5 月，我被邀請去東涌一所教會，為青少年崇拜講見證，分享從小由基層到做醫生的經歷，以鼓勵基層年輕人，及分享基督徒在面對疫情的態度。因為疫情，我去東涌是做直播節目，青少年都留在家中，在這個網上教會生活、參與崇拜、講見證，很特別，感恩。

北角爆疫佛堂今添 2 確診，群組增至 14 人仍未知源頭。蘋果日報 2020-2-27。
韓國新天地教會勢力擴大的理由。日本經濟新聞中文版 2020-3-10。

為香港祈禱

有一天在創世電視接受訪問，完結前他們請我帶領禱告：

我們在天上的父，願人都尊你的名為聖，希望世人在瘟疫和困難中，重新認識由你創造的世界，尊重生命，珍惜家人朋友，讓更多人認識你。願你的國度降臨，願你的旨意行在地上，如同行在天上。

為香港人祈禱，我們日用的飲食，今日賜給我們，不用去憂廁紙憂米，搶米搶糧食。

為我們自己和家人祈禱，這幾個月來，我們都會犯錯，立場先行、信了假新聞、轉發未「fact check」的消息短訊。免我們所欠的債，如同我們免了人的債。

也為接受強制隔離人士和患病的人祈禱，不叫我們遇見試探，救我們脫離凶惡，和救他們脫離病毒和肺炎。

因為國度、權柄、榮耀，全是你的，直到永遠。阿們。

第三章

抗疫的政治

真真假假

亂世中，有很多真假消息。潮流興「fact check」，可是潮流也興假消息、假新聞。

在 2020 年 1 月初，武漢公布爆發不明肺炎[1]，香港有二十多宗曾到訪武漢，並出現發燒、呼吸道感染或肺炎徵狀的個案。我亦於 1 月 7 日去信立法會要求召開聯合特別會議討論事件[2]。有人建議香港官員前往武漢視察肺炎疫情，以及取回病毒詳細分析報告[3]，目的是找一手資料。

1 月 13 至 14 日，食物及衞生局副局長徐德義、連同衞生署及醫管局代表，到武漢了解情況[4]。1 月 15 日，政府召開專家會議，聽取由在湖北省武漢市考察回港的代表團匯報，沒有戴口罩[5]，副局長引述內地資料未發現明確人傳人證據[6]，引述資料只算是第二手資料。其後，袁國勇教授在 1 月 19 日親自去查證，跟隨中央政府安排的「國家高級專家組」往武漢考察[7]，然後發現：一、病毒「肯定有人傳人」；二、14 名醫務人員受感染[8]。相差只是 4 天，為何政府的考察團沒有問及，也沒有發現醫務人員感染呢？這是一個人傳人的重要標誌[9]。不要輕易相信二手消息，盡量找一手資料。

3月頭，有網站傳出教宗方濟各確診冠狀病毒病，我很驚訝，然後去意大利及梵蒂岡網頁查考，並無發現，所以沒有轉發消息。其後，教宗經檢測後，證實沒有感染冠狀病毒病[9]。3月底，又有消息傳出英國首相約翰遜受感染，我去了約翰遜的推特查證，他親自拍短片證實確診[10]。不要轉發未經證實的消息，消息或資料要提供可令人信服的人證物證，其他人可以用普通常識就判斷到消息的真偽。

　　香港政府從1月下旬，每星期都會就不同消息作出澄清[11]，不過我認為，官方的說話不一定是真確無誤，而澄清不是說了算，要提供可令人信服的人證物證。在4月2日政府記者會，對於政府在酒吧群組爆發多日後才關閉酒吧，但不關閉美容院，食物及衛生局局長陳肇始解釋，兩名確診美容師在潛伏期內曾到油麻地酒吧，認為酒吧屬高風險地方。惟現場新聞主任之後向記者澄清，兩名確診美容師並未有到過酒吧，指陳肇始是被新聞誤導[12]。證明就算是官方的說話，不一定是真確無誤。

在現實或網絡世界中，各方都有很多假消息、假新聞。我建議要「fact check」，要堅持三個不：

1. 不要輕易相信二手消息，不要立場先行（盡量找一手資料）；
2. 不要轉發未經證實的消息（提供可令人信服的人證物證）；
3. 不恥下問。

武漢市衛健委稱不明原因病毒性肺炎並非沙士。香港電台新聞 2020-1-5。

郭家麒議員及陳沛然議員於 2020 年 1 月 7 日發出的聯署函件。立法會 CB(2)476/19-20(01) 號文件 20201-7。

東區區議會通過動議，促林鄭月娥赴武漢視察。明報 2020-1-7。

徐德義到武漢了解肺炎情況，有保安把守華南海鮮市場。香港電台新聞 2020-1-13。

食物及衛生局就武漢肺炎病例群組個案召開專家會議。香港政府新聞公報 2020-1-15。

徐德義引述內地資料武漢肺炎不排除有限度人傳人可能性。香港電台新聞 2020-1 15。

消息：鍾南山袁國勇等專家組，赴武漢濕街市考察疫情。經濟日報 2020-1-20。

SARS 專家鍾南山再爆：一名病人感染 14 名醫務人員。香港 01，2020-1-20。

教宗檢測無感染新型冠狀病毒。明報 20203-3。

Boris Johnson Twitter2020-3-27。

香港政府澄清網頁。

政府閂酒吧唔閂開美容院，陳宣始老屈確診美容師曾到酒吧。獨立媒體網 2020-4-2。

立法不能馬虎

2019 年 12 月 31 日，武漢市衛生健康委員會，報告發現確診的多例肺炎病例與華南海鮮城有關聯，在 1 月 5 日報告符合不明原因的病毒性肺炎診斷患者 59 例。香港政府於 1 月 8 日在憲報刊登《2020 年預防及控制疾病(修訂)規例》，要求醫生如發現任何病人出現 (1) 發燒及急性呼吸道感染徵狀或肺炎病徵，(2) 並曾於病發前 14 天內到訪武漢市，應通報衛生防護中心作進一步調查。並可以將任何人隔離或檢疫，包括懷疑個案及疑似個案。

當時我提出意見，雖然同意抗疫要嚴陣以待，但是我說政府第一版本的規例，兩項特徵太模糊，會造成混亂。那時候，有些人不明白我的說話，以為我反對規例，在這裏加以說明。

第一，我們需要有準確的診斷方法，例如基因排序制訂準確的測試。每年估計有急性呼吸道感染徵狀的人至少 66 萬，即每個星期有 1 至 2 萬人。肺炎，根據香港衛生署統計數字，在 2018 年有 8,437 人死於肺炎，即每個星期有 100 至 200 百人，就算肺炎死亡率是 2%，每星期都有 8 千多人患上肺炎。而我做了公立醫院內科 20 年，每年冬季流感高峰期，在內科病房都有很多老人家患上肺炎要住院。如果沒有準確的方法診斷不明肺

炎，懷疑個案及疑似個案只有被強制隔離，可是卻沒有方法排除感染，結果有大量發燒及肺炎的病人被困在病房內。

第二，「曾於病發前 14 天內到訪武漢市」，我們那時候完全沒有辦法核實病人的外遊記錄，入境處只知道由中國內地來港，更何況當時在醫院不能查證入境記錄。我們知道有人會隱瞞病歷及外遊史，怕被隔離而隱瞞病情和避談武漢，也有人會彈弓手。第六宗確診病人求醫，僅報稱被狗咬打過瘋狗針，但就隱瞞在武漢街市工作，兩日後發燒始被揭發；本港增 3 宗確診個案，全部均是乘高鐵從武漢經深圳抵港。那麼，你叫前線的醫務人員怎樣執行新的規例，這必定會製造混亂。

我不是只提出問題，也有提供解決方法。第一，要盡快找出致病原因和準確的診斷方法，那刻我們要求取得病毒的基因圖譜，當時內地相關部門並未有向外公布冠狀病毒的基因圖譜，袁國勇直言有更多病毒資料自然更好，但應該耐心等候內地專家的資訊，「嗰啲嘢係人哋㗎嘛，我哋做而家可以做嘅嘢，唔好迫人哋咁無禮貌。」

第二，我在 2 月 4 日去信行政長官，建議設立入境處專線

供醫護人員核實外遊記錄[10]，後來公立醫院急症室將設系統，讓醫護有需要時可查閱病人過去 30 日的出入境記錄[11]。儘管這樣，仍然有人隱瞞旅遊史，違令到醫院專科求診，院方也無通報[12]。

故此，立法不能馬虎，另外一個例子就是禁蒙面法。

[1] 武漢市衛健委關於當前我市肺炎疫情的情況通報。 武漢市衛生健康委員會 2019-12-31。

[2] 武漢市衛生健康委員會關於不明原因的病毒性肺炎情況通報。武漢市衛生健康委員會 2020-01-05。

[3] 政府將刊憲將「嚴重新型傳染性病原體呼吸系統病」納入《預防及控制疾病條例》下法定須呈報傳染病，香港政府新聞公報 2020-1-7。

[4] Karen AFitzner et al. Cost-effectiveness study on influenza prevention in Hong Kong. Health Policy. Volume 56, Issue 3, June 2001, Pages 215-234.

[5] 2001 年至 2018 年主要死因的死亡人數，生命統計數字。香港衛生署衛生防護中心。

[6] 病人怕被隔離隱瞞病情避談武漢，醫生勸從實招來免害己害人。晴報 2020-1-8。

[7] 第六宗確診病人求醫，僅報稱俾狗咬打瘋狗針，隱瞞在武漢街市工作，兩日後發燒始揭發。立場新聞 2020-1-26。

[8] 本港增三宗確診個案，全部均乘高鐵從武漢經深圳抵港。香港 01，2020-1-25。

[9] 香港衛防中心向內地索取新冠狀病毒基因圖譜，袁國勇料可縮短化驗時間至 2、3 小時。眾新聞 2020-1-9。

[10] 陳沛然。肺炎系列（四十三）建議設立入境處專線供醫療人員核實外遊記錄 2020-02-04。

[11] 新系統供醫護看病人外遊紀錄防瞞報，東區急症室試行。香港 01，2020-2-6。

[12] 「假隔離」失效！8 人違令到律敦治專科診瞞報內地旅遊史，院方無通報。蘋果日報 2020-2-2。

不排除有限度人傳人可能性

2020 年 1 月 5 日，武漢市衛生健康委員通報，報告符合不明原因的病毒性肺炎診斷患者 59 例，其中重症患者 7 例。初步調查表明，未發現明確的人傳人證據，未發現醫務人員感染 。世界衛生組織（「世衛」）表示，根據中國調查人員的初步資料，未有證據顯示肺炎個案會人傳人。不建議對中國採取任何旅遊或貿易限制，對旅客亦沒有特別預防措施建議[2][3]。

1 月 15 日，食物及衛生局副局長徐德義醫生由武漢回香港後，引述內地資料，說最新內地資料未發現明確人傳人證據，但不排除有限度人傳人的可能性[4]。1 月 17 日，食物及衛生局局長陳肇始早上表示，未有證據有關病毒會人傳人，但也不能排除人傳人的風險[5]。

1 月 20 日，據央視新聞報道，中國武漢市衛生健康委員高級別專家組長、SARS 專家鍾南山已表明，病毒「肯定有人傳人」，他更爆料，指 1 名受感染病人，已導致 14 名醫務人員感染[6]。

1 月 21 日，世衛表示，冠狀病毒感染引起的肺炎，有可能持續人傳人的情況[7]。1 月 24 日，世衛宣布，冠狀病毒疫情不構

成國際公共衛生緊急事件。現階段並沒有證據顯示，在中國以外出現人傳人。[8]

一個月後，2 月 29 日，中國內地有超過 7 萬人受感染[9]。兩個月後，3 月 31 日，全世界有超過 80 萬人受病毒感染[10]。

其實我不明白什麼是：
● 未發現明確的人傳人證據；
● 無法排除人傳人；
● 不排除有限度人傳人可能性；
● 不排除人傳人風險；
● 至少有些可人傳人；
● 意味着可能有持續人傳人。

當中國武漢市衛生健康委員在 1 月 12 日公布，不明肺炎是由冠狀病毒引起的，我們便心中有數。在 2003 年的沙士就是冠狀病毒引起，在 2012 年的中東呼吸綜合症，也是由冠狀病毒引起，冠狀病毒就會人傳人。

1 武漢市衛生健康委員會關於不明原因的病毒性肺炎情況通報。武漢市衛生健康委員會 2020-1-5。

2 Pneumonia of unknown cause — China. WHO 2020-1-5。

3 世衞稱基於現有資料，不建議對中國採旅遊或貿易限制。香港電台新聞 2020-1-6。

4 徐德義引述內地資料，武漢肺炎不排除有限度人傳人可能性。香港電台新聞 2020-1-15。

5 不排除人傳人風險，陳肇始：政府進一步提高警覺。星島 2020-1-17。

6 SARS 專家鍾南山再爆：一名病人感染 14 名醫務人員。香港 01，2020-1-20。

7 世衞：武漢新型肺炎可能存在持續人傳人，需更多分析。香港電台新聞 2020-1-21。

8 世衞：新型冠狀病毒疫情不構成國際公共衛生緊急事件。香港電台新聞 2020-1-24。

9 截至 2 月 29 日 24 時新型冠狀病毒肺炎疫情最新情況。國家健康衛生委員會 2020-3-1。

10 World passes 800 thousand confirmed cases of coronavirus. Time24news 2020-3-31.

官字兩個
口……罩

2020 年 1 月初，市民撲口罩，部分藥房斷貨[1]；沙士重災區淘大花園居民急買口罩，目前氣氛不緊張[2]；1 月 8 日，我透過立法會衞生事務委員會去信詢問政府及醫管局[3]：

1. 不少市民在坊間難以買到普通外科口罩，又有商人坐地起價，政府有何措施照顧市民需要；

2. 以表格形式，詳細列出各聯網轄下各醫院所購入的外科口罩及 N95 口罩存貨量。

1 月 7 日，陳肇始局長說，公營醫療機構的口罩和保護衣物存量足夠使用 3 個月[4]。而因應市面口罩供應緊張，衞生署向藥房業界了解過，知悉已經訂貨補給，預計需時 1 至 2 個星期[5]。醫管局質素及安全總監鍾健禮說，若以 2009 年豬流感爆發高峰用量計算，目前公立醫院口罩存量達 3 個月，約有三千多萬個口罩存量；如按一般用量，可用到 80 多個星期[6至7]。

1 月 28 日，我去信政務司司長張建宗，要求除了確保醫護專職醫療支援人員有足夠口罩和保護衣外，我也要求政府為入境事務處及海關職員提供足夠口罩和保護衣[8]。因為我知道不夠保護裝備時有關部門會被限制使用。

1月30日，立法會衛生事務委員會召開特別會議，討論香港預防及控制冠狀病毒感染的措施，很多議員追問有關口罩問題。當中政府文件沒有提及，外科手術口罩及 N95 口罩等儲備，或 3 個月的字眼。醫管局質素及安全總監鍾健禮及醫管局聯網服務總監楊諦岡表示，公院口罩存貨大跌近 20%，外科口罩的存貨量已不足 3 個月[10 至 11]。

　　數百人凌晨排隊買口罩，林鄭說口罩會陸續抵港，籲市民毋須過分搶購和恐慌[12 至 13]；被問及會否向寒風下排隊購口罩長者道歉，特首沒回應，只說高度關注[14]。

　　另外，1月23日，衛生署署長陳漢儀指市民沒有病徵於社交場合不需戴口罩[15]；1月27日，陳肇始重申政府無呼籲市民勿戴口罩[16]；2月4日，林鄭稱禁官員隨時戴口罩「戴咗都要除落嚟」；2月5日，林鄭說為引起誤會道歉，僅針對主要官員[17]。

　　官字兩個口，完。

[1] 市民搶口罩，部份藥房斷貨。蘋果日報 2020-1-3。

[2] 沙士重災區淘大花園居民急買口罩，目前氣氛不緊張。香港01，2020-1-4。

[3] 陳沛然。肺炎系列（廿三）跟進政府有關口罩供應及存貨情況。2020-01-08。

[4] 食物及衛生局局長就預防新型傳染病的應變及防控措施舉行記者會開場發言。政府新聞公報 2020-1-7。

[5] 公營醫院診所口罩供應充足。政府新聞網 2020-1-8。

[6] 人手緊絀必要時削非緊急服務，公院 3 千萬口罩可用 80 周。巴士的報 2020-1-10。

[7] 醫管局研必要時削非緊急服務公院有 3000 萬口罩儲備。星島日報 2020-1-10。

[8] 肺炎系列（廿四）給司長局長的信 2020-01-28。

[9] 立法會衛生事務委員會特別會議，香港預防及控制新型冠狀病毒感染的措施。2020-1-30。

[10] 公院口罩不足三個月用量。文匯報 2020-1-31。

[11] 醫管局指現時外科口罩存量不足 3 個月，短期內會有新貨。RTHK 2020-1-30。

[12] 數百人凌晨排隊買口罩，林鄭月娥：供應將至，毋須恐慌。RTHK 2020-1-31。

[13] 林鄭月娥：口罩會陸續抵港，籲市民毋須過份搶購和恐慌。RTHK 2020-1-31。

[14] 被問會否向寒風下排隊購口罩者道歉，特首：高度關注。RTHK 2020-1-31。

[15] 高官開記招無戴口罩，陳漢儀：沒有病徵社交場合不需戴。立場新聞 2020-1-23。

[16] 陳肇始重申政府無籲市民勿戴口罩。RTHK 2020-1-27。

[17] 昨稱禁官員隨時戴口罩「戴咗都要除落嚟」，林鄭：為引起誤會道歉，僅針對主要官員。立場新聞 2020-2-5。

國家主席重要指示

　　武漢市公安局在 2020 年 1 月 1 日通報稱，日前一些關於「武漢病毒性肺炎」的不實信息在網絡流傳，公安部門對此進行了調查。8 人因散播不實信息，被警方依法處理。

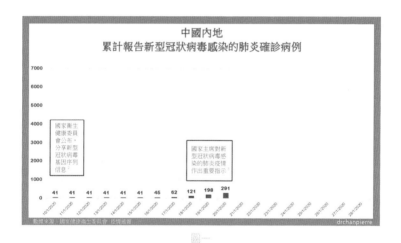

圖一

　　1 月初，根據武漢市衛生健康委員會公布，病例最早發病時間為 2019 年 12 月 12 日，由 2019 年 12 月 31 日至 2020 年 1 月 8 日，共有 3 次關於肺炎情況通報。我在想，為何武漢周邊的省市沒有消息？肺炎只傳到香港？問局長是沒有答案的，所以去其他市衛生健康委員會找資料。在谷歌或百度找尋，找到了在武漢市周圍的 17 個市衛生健康委員會網站，截至 2020 年 1 月

8 日，未找到關於肺炎情況的最新消息，可能疫情沒有想像中嚴重呢。

1 月 11 日，中國國家衛生健康委員會公布，將與世衞分享冠狀病毒基因序列信息[2]。之後一星期，內地的病例穩定維持在幾十宗的增長。

國家主席在 1 月 20 日，對冠狀病毒感染的肺炎疫情作出重要指示，強調要把人民群眾生命安全和身體健康放在第一位，堅決遏制疫情蔓延勢頭[3]。同日，武漢市衛生健康委員會，通報由 62 增加至 198 個病例[4]；北京市、上海市、廣東省衛生健康委員會，分別通報確診冠狀病毒感染的肺炎病例[8至10]；國務院總理李克強主持召開國務院常務會議，進一步部署冠狀病毒感染的肺炎疫情防控工作[11]；在同一天，據央視新聞報道，國家衛生健康委員會高級別專家組長、SARS 專家鍾南山已表明，病毒「肯定有人傳人」，他更爆料，指一名受感染病人，已導致 14 名醫務人員感染[12]。

1 月 23 日，中國湖北省武漢市停擺陸、水客運交通，並削減空運之後，總共有 13 個市縣宣布「封城」[13]。

1 月 28 日，國家主席習近平在人民大會堂，會見世衞總幹事譚德塞，說自己一直親自指揮、部署[14]。據 3 月 11 日新華網報道，在國家主席習近平總書記親自領導、親自指揮、親自部署下，湖北、武漢疫情防控形勢發生積極變化，取得階段性重要成果[15]。

1 散佈武漢肺炎謠言 8 人被依法處理。荊州市衛生健康委員會，2020-1-2。

2 中國將與世衞分享武漢肺炎新型冠狀病毒基因序列信息。香港電台新聞 2020-01-11。

3 習近平對新型冠狀病毒感染的肺炎疫情作出重要指示。中國政府網 2020-1-20。

4 武漢市衛生健康委員會。

5 武漢市衛健委關於當前我市肺炎疫情的情況通報。武漢市衛生健康委員會 2019-12-31。

6 武漢市衞健委關於不明原因的病毒性肺炎情況通報。武漢市衛生健康委員會 2020-01-03。

7 武漢市衛生健康委員會關於不明原因的病毒性肺炎情況通報。武漢市衛生健康委員會 2020-01-05。

8 我省應對新型冠狀病毒感染的肺炎疫情。廣東省衛生健康委員會 2020-1-20。

9 我市新增 3 例新型冠狀病毒感染的肺炎病例。北京市衛生健康委員會 2020-1-20。

10 國家衞健委確認上海首例輸入性新型冠狀病毒感染的肺炎確診病例。上海市衛生健康委員會 2020-1-20。

11 李克強主持召開國務院常務會議 進一步部署新型冠狀病毒感染的肺炎疫情防控工作等。中國政府網 2020-01-20。

12 SARS 專家鍾南山再爆：一名病人感染 14 名醫務人員。香港 01，2020-1-20。

13 武漢封城第一天：恐怖、焦慮與鎮定。BBC 2020-1-24。

14 習近平北京晤世衞總幹事譚德塞，稱一定戰勝疫情。香港電台新聞 2020-01-28。

15 中央指導組：同湖北人民和武漢人民並肩戰鬥，堅決打贏湖北保衛戰、武漢保衛戰。新華網 2020-3-11。

不存在等
特首返來

　　行政長官林鄭月娥在 2020 年 1 月 20 至 25 日，前往瑞士達沃斯出席了世界經濟論壇年會。

　　1 月 23 日，政務司司長張建宗舉行跨部門記者會：

　　有關應變計劃，記者問：什麼時候提升級別由嚴重至緊急？食物及衞生局局長答：有關應變級別，最高是一個緊急的級別，當有一個大型社區的爆發，以及風險非常之高的情況，我們就會將級別提升至這級別[2]。

　　關於入口管制及健康申報，記者問：在香港的武漢人，究竟有沒有有關數字在手？張建宗答：我們手上沒有這個數字。記者問：其實是否應該所有口岸都實施填寫這個健康申報表？張建宗答：如果形勢真的有需要，我們不排除一步一步去做[2]。

　　至於延遲學校在農曆年假期後復課的日子，記者問：想問政府會否要求學校在農曆年假後停課和停課準則是什麼？張建宗答：在什麼情況下教育局在農曆新年假期後進一步需要停課這件事，這要視乎疫情發展……。如果有任何改變我們會預早通知，不會臨時臨急通知學校會停課多少天[2]。1 月 24 日，就網上流傳

有「新聞稿」指教育局已經宣布延長學校農曆新年假期，教育局發言人澄清該「新聞稿」純屬捏造[3]。

1月25日大年初一，林鄭早上從瑞士達沃斯返抵香港，在下午親自主持一個新聞發布會，向公眾和傳媒交代香港政府最新的抗疫工作[4]，公布了6個新策略：

● 第一個策略，應變計劃分為三級，即是「戒備」、「嚴重」和「緊急」……宣布提升至最高級別的「緊急」(Emergency)。按這個應變計劃，當提升至「緊急」時，這個跨部門督導委員會將由行政長官親自主持；

● 第二個策略，加強管制出入口，控制疫情傳播：無限期暫停來往湖北武漢的航班和高鐵，擴大內地入境人士的健康申報至所有口岸等；

● 第三個策略是減少在香港本地社區的感染和傳播風險：延遲中學、小學、幼稚園、幼兒園及特殊學校在農曆年假期後復課的日子至2月17日；

● 第四個策略是加強香港市民個人衛生；

● 第五個策略是加強衛生署、醫管局相關抗疫設施和服務，包括有在醫院管理局轄下的指定診所和一些作為隔離的設施。

● 第六個策略就是所有上述提過的策略和具體措施，只要是需要

有資源來配合，特區政府承諾會提供所需的所有額外資源。

　　林鄭被問到為何等她回來才公布多項措施，在她離港期間，其他官員是否綁手綁腳。林鄭月娥回應說，自從知道內地爆發冠狀病毒病後，政府官員沒停止檢視抗疫工作，她表示，疫情變化很快，而且趨向嚴峻，所以並不存在「等我返來」[5]。

[1] 行政長官在瑞士出席世界經濟論壇年會。政府新聞公報 2020-1-22。
[2] 跨部門記者會答問內容。政府新聞公報 2020-1-23。
[3] 教育局澄清。政府新聞公報 2020-1-24。
[4] 行政長官抗疫記者會開場發言。政府新聞公報 2020-1-25。
[5] 被問為何至今才公布措施，林鄭月娥：不存在等我返來。香港電台新聞 2020-1-25。

To 封 or not to 封 , that is the question

林鄭特首曾說「封關」不切實際 、或造成歧視 、已經無「乜」意思 ，陳肇始重申封關不可行 ，梁卓偉說香港沒必要採取封關措施 。

1 月 26 日，香港特區政府宣布由 1 月 27 日零時零分起，限制湖北省居民以及任何過去 14 日到過湖北省的人士進入香港 。同日內地確診數字為 2,744 ，當中包括湖北省 1,423 例，武漢市 698 例 。為何特區政府只限制湖北省居民？會否造成歧視湖北省居民 ？

根據香港旅遊發展局，在農曆新年月份，由中國內地訪港旅客人次統計：2018 年 2 月：4,399,696（一個月的數字），及 2019 年 2 月：4,560,963 。根據香港政府入境事務處，預計 1 月 28 日年初四，為陸路入境較為繁忙的日子，人次約為 451,000（一天的數字）。

既然香港政府認為封關不切實際、不可行。我在 1 月 28 日，去信政務司司長，建議參考「港澳台」模式，考慮實行「香港口岸防疫新措施」，簡單來說，就是限制非香港居民來港的安排，及做好強制檢疫 。

繼中國湖北省武漢市在 1 月 23 日停擺陸、水客運交通，並削減空運之後，總共有 13 個市縣宣布「封城」，不同程度交通停運[12]；內地 3 市封城抗疫，30 萬人連夜撤離武漢[13]；1 月 26 日，汕頭、天津分別宣布「封城」措施[14]，北京停運全市省際道路客運服務[15]。1 月 28 日，國家主席習近平在人民大會堂，會見世衛總幹事譚德塞，說自己一直親自指揮、部署[16]。

　　3 月 11 日新華網報道，國家主席習近平總書記親自領導、親自指揮、親自部署下，湖北、武漢疫情防控形勢發生積極變化，取得階段性重要成果[17]。世界已經有 27 個國家包括中國實施不同程度的「封關封城」[18]。

　　最後，政府宣布，3 月 25 日後所有非香港居民從海外乘搭飛機抵港不准入境[19]。那時候，香港確診病例 410 宗[20]，當中 264 宗有外遊記錄。

林鄭月娥：「封關」不切實際。Now 新聞 2020-1-25。

回應全面封關建議，林鄭月娥稱或造成歧視。香港電台新聞 2020-1-31。

林鄭月娥：封關「已經無乜意思」，跨境人流已降至最低。獨立媒體網 2020-2-11。

陳肇始重申封關不可行，稱「武漢都已經封城，無人喫」。獨立媒體網 2020-1-26。

梁卓偉：香港沒必要採取封關措施。文匯報 2020-1-25。

特區政府宣布限制湖北省居民以及任何過去 14 日到過湖北省的人士進入香港。香港政府新聞公報 2017-1-26。

截至 1 月 26 日 24 時新型冠狀病毒感染的肺炎疫情最新情況。中國國家健康衛生委員會 2020-01-27。

2020 年 1 月 26 日湖北省新型冠狀病毒感染的肺炎疫情況。湖北省衛生健康委員會 2020-01-27。

2019 年 2 月訪港旅客統計。香港旅遊發展局。

農曆新年假期期間經陸路往返內地的旅客流量預測及有關安排。香港政府新聞公報 2020-1-20。

陳沛然議員於 2020 年 1 月 28 日發出的函件，香港預防及控制新型冠狀病毒感染的措施。立法會 CB(2)575/19-20(03) 號文件。

武漢封城第一天：恐怖、焦慮與鎮定。BBC 2020-1-24。

內地 3 市封城抗疫，30 萬人連夜撤離武漢。晴報 2020-1-24。

汕頭、天津分別宣布「封城」措施。Now 新聞 2020-1-26。

余美霞。1.26 疫情更新：北京暫停省際客運；汕頭宣布封城後撤回；患者突破二千，56 人死。端傳媒 2020-01-26。

習近平北京晤世衛總幹事譚德塞，稱一定戰勝疫情。香港電台新聞 2020-01-28。

中央指導組：同湖北人民和武漢人民並肩戰鬥，堅決打贏湖北保衛戰、武漢保衛戰。新華網 2020-3-11。

Coronavirus Travel Restrictions, Across the Globe. The New York Times 2020-4-1。

海外來港非港人將禁入境兩周。政府新聞網 2020-3-23。

截至 3 月 25 日 24 時新型冠狀病毒感染的肺炎疫情最新情況。中國國家健康衛生委員會 2020-3-26。

疫情受
……控

　　2 月 19 日，立法會大會基於疫情擴散風險，決定取消，改為召開特別會議讓議員就疫情的事宜提出質詢，政務司司長張建宗率領 11 名政策局長出席會議[1]。原本在名單中有 13 人，結果有 2 個沒有出現，有 3 位堅持不戴口罩，1 個在發夢[2]，至少 1 個不出一聲全程坐着，全部在遊花園，答非所問[3]。

　　多名議員不滿防疫物資短缺，斥官員抗疫不力，有議員要求政務司司長張建宗下台及道歉[4]。張建宗指，政府施政一向謙虛，「如果我哋有地方做得唔好嘅話呢，希望市民包容」，有些因素導致事件並非容易處理，譬如國際形勢、疫情，很多問題並非香港之力可應付，全部都要大家一起努力。政府不時轉變策略，已於全球「搶購」口罩，同事 24 小時輪流未停過工作，「當然可能市民未必明白到我哋個，睇唔到我哋個成績，但你睇到呢個疫情依家受到控制」[5]。

　　當日，香港有 60 多宗確診個案，中國內地有 7 萬多例[6]，數字仍然節節攀高中。

　　張建宗疫情受控論一出，說法引起外界質疑，何栢良批評

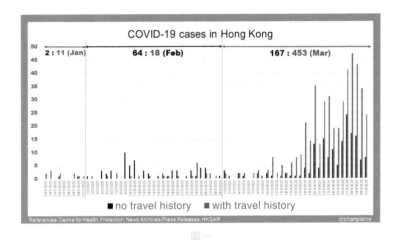

圖一

「疫情受控」的說法錯誤，稱要連續 14 日沒有新確診個案，疫情才可視作穩定[7]。就傳媒查詢，政務司司長辦公室發言人第二天回應：自 2019 冠狀病毒病發生以來，特區政府一直緊貼「疫情」發展，……（下刪 140 字），推出一系列具體而實際的措施。整體情況正在「受」嚴密監「控」。張建宗在兩天後解釋，日前提到香港疫情已受到控制，是指政府圍堵疫情的策略，並非形容疫情，強調市民對疫症不能掉以輕心，並對引起誤會表示不好意思[8]。

1 立法會會議議程 2020-2-19。

2 劉怡翔被指「發夢」局方回應稱因大專注手機處理公務。香港電台新聞 2020-2-19。

3 泛民斥政府抗疫一事無成，張建宗：如做得不好冀包容。香港 01，2020-2-19。

4 張建宗稱疫情已受控，李家超批議員就防疫針對警隊。TMHK 2020-2-19。

5 張建宗稱疫情受控，若有做得不好冀市民包容。852 郵報 2020-2-19。

6 截至 2 月 18 日 24 時新型冠狀病毒肺炎疫情最新情況。中華人民共和國國家衛生健康委員會 2020-2-19。

7 稱 14 日沒新症方算穩定，何栢良批張建宗疫情受控論：錯。明報 2020-2-21。

8 政務司司長辦公室回應傳媒查詢。政府新聞公報 2020-2-20。

9 張建宗對疫情受控論引起誤會表示「不好意思」。Now 新聞 2020-2-21。

封關不切實際

2020 年 1 月 27 日起，政府限制任何過去 14 日到過湖北省的非香港居民進入香港[1]。

1 月 28 日，林鄭宣布，關閉高鐵西九站、紅磡站、沙頭角、文錦渡、屯門碼頭及中港碼頭的客運通關[2]，留下國際機場、落馬洲、深圳灣、羅湖、港珠澳大橋及港澳碼頭。2 月 4 日，政府再暫停四個口岸的運作，包括羅湖、落馬洲支線、落馬洲皇崗和港澳碼頭[3]，留下深圳灣口岸、港珠澳大橋及國際機場。2 月 8 日，衛生署才向所有由內地抵港人士發出檢疫令，有關人士必須在指定地點接受強制檢疫 14 天[4]。

根據香港政府入境事務處，出入境人次統計數字[5]，1 月 30 日至 2 月 7 日的 9 天內，有超過 100 萬人從 9 個口岸進入香港，當中有很多沒有受到入境限制及接受檢疫要求的。

直至在 3 月 15 日，公布 3 天後即 3 月 19 日[6]，才要求抵港前 14 日曾到愛爾蘭、英國、美國和埃及的人士，接受家居強制檢疫。直至 3 月 25 日所有非香港居民從海外乘搭飛機抵港不准入境[7]，不包括其他口岸。據香港衛生署衛生防護中心提供的本地確診資料[8]，在這個 3 月 15 日至 25 日的窗口期，有超過

150 個確診輸入個案在此期間發病，當中有 9 個更是非香港居民。引用官腔，不排除這窗口期導致香港在 3 月的另一波爆發。

　　政府初時不肯要求乘搭高鐵、來自武漢的乘客填寫健康申報表[9]。直至 2 月 8 日起規定，在入境前 14 日如到過內地，須強制在住所檢疫 14 日。市民及旅客經港珠澳大橋由澳門口岸入境，毋須強制檢疫。有報道指任何人由港珠澳大橋口岸入境，除需填健康申報表外，僅由口岸衛生署人員以口頭詢問形式，了解有否到過內地等列明地區，靠市民誠實作答。換言之，如有人不誠實，可利用這個漏洞往返內地，避過入境香港後的強制檢疫，即先往澳門，再回內地，返港時則先到澳門，然後才回香港[10]。

　　香港政府在 3 月 25 日之後，能做到所有非香港居民從海外乘搭飛機抵港不准入境的入境管制，能做到所有抵港人士必須在指定地點（家居或其他住所）接受強制檢疫，能做到所有入境人士必須遞交健康申報表。

　　可見，在抗疫頭兩個多月對入境管制工作的百般理由，都是不為也，非不能也。

特區政府宣布限制湖北省居民以及任何過去 14 日到過湖北省的人士進入香港。
香港政府新聞公報 2017-1-26。

跨境交通特別安排。香港政府新聞公報 2020-1-28。

行政長官抗疫記者會開場發言。政府新聞公報 2020-2-3。

從內地入境人士須遵從強制檢疫措施。政府新聞公報 2020-2-7。

出入境人次統計數字。香港政府入境事務處。

海外抵港人士強制檢疫安排擴大。政府新聞網 2020-3-15。

海外來港非港人將禁入境兩周。政府新聞網 2020-3-23。

2019 冠狀病毒病的本地最新情況，疫情概覽。香港衛生署衛生防護中心。

署理行政長官於行政會議前會見傳媒開場發言和答問內容。政府新聞公報
2020-1-21。

張美華，倪清江，歐陽德浩。【新冠肺炎】局部封關後港珠澳大橋入境人數攀升，
檢疫漏洞未封？香港 01，2019-3-11。

一視同仁

香港衞生署及醫院管理局在 2020 年 3 月 9 日下午舉行簡報會，醫管局總行政經理劉家獻表示，本港再多一宗確診患者康復，為第 69 宗個案的 48 歲男警員。一同聚餐的 59 名警務人員亦獲安排進入檢疫中心隔離。警察公共關係科證實，全部 59 名警員已於 3 月 3 日完成檢疫，當晚離開檢疫中心，無人被感染[1]。

3 月 25 日，一名駐守深水埗警署的女警員初步確診 2019 冠狀病毒病[2]。3 月 27 日，醫院管理局總行政經理何婉霞指，一名早前確診的女警病人，為第 428 宗個案，到明愛醫院求醫時，拒絕戴口罩，兩名抽血員需隔離[3]。就確診女警醫院內沒有戴上口罩，警方深感抱歉[4]。確診女警於 3 月 20 日曾吃自助餐，其間遇見一名 36 歲女性朋友，二人在無戴口罩情況下傾談 20 分鐘。女警於 3 月 24 日發病，其朋友則於 25 日發病，包括喉嚨痛及發燒，4 月 4 日確診[5]。

4 月 4 日，一名駐守西九龍總區的男警長初步確診 2019 冠狀病毒病，到公營醫院求醫[6]。4 月 20 日，元朗凌晨男休班警懷疑以玻璃瓶襲擊另一名女休班警員，受傷的女休班警，頭部紅腫，清醒被送往博愛醫院治理[7]。

2019 年 11 月 17 日，理工大學外，警方在面書表示，一名傳媒聯絡隊員被箭射中小腿[8]，送往廣華醫院治理[9]，接受手術取出箭頭，出院，接受訪問[10]。2019 年 6 月 9 日至 11 月 26 日，在大型公眾活動中，共有超過 2,600 人受傷而到公立醫院求診，當中超過 470 人是警務人員，也是在公營醫院治理[11]。

　　有些人口中說要一視同仁[12至15]，香港醫務人員的一視同仁，不是講，而是做。我們一視同仁地照顧受傷和患病的市民包括警員。

香港 48 歲確診男警康復，一同聚餐警員全無感染。文匯報 2020-3-9。

一名女警初步確診 2019 冠狀病毒病。香港警務處新聞公報 2020-3-25。

確診女警求醫時拒戴口罩，兩抽血員需隔離。星島日報 2020-3-27。

香港警察面書 2020-3-27

無口罩傾偈 20 分鐘，女警友人同告確診。明報 2020-4-5。

一名男警初步確診 2019 冠狀病毒病。香港警務處新聞公報 2020-4-4。

約 10 名休班警用膳起爭執，女警調停時疑玻璃瓶擊傷頭。香港電台新聞 2020-4-19。

【1117·理大外】警傳媒聯絡隊隊員小腿中箭受傷送院，鋼珠擊中防暴警面罩。明報 2019-11-17。

修例風波：傳媒聯絡隊隊員中箭受傷，防暴警面罩中鋼珠。東方 2019-11-17。

幸無傷及筋骨，中箭沙展：一句支持足以再上前線。頭條 2019-12-2。

在立法會會議上，陳沛然議員的提問針對警務人員的投訴，和保安局局長李家超的答覆。立法會質詢，2019 年 11 月 27 日。

批醫學界新方案非一視同仁，林鄭：已要求陳肇始跟持份者再商議。明報 2019-4-20。

陳肇始批方案不吸引，醫生組織指臨床工作不限於醫院。香港 01，2019-4-26。

就傳媒查詢有關香港醫學會建議的豁免海外專科醫生實習方案，中大醫學院在 4 月 20 日的回應。

馮康認為豁免方案應一視同仁，不明細綁年期不同原因。香港 01，2019-4-23。

再三請求修改呈報機制

在 2020 年 1 月 5 日，武漢市衛生健康委員會，報告符合不明原因的病毒性肺炎診斷患者 59 例¹。政府於 1 月 8 日在憲報刊登《2020 年預防及控制疾病（修訂）規例》，第一版本「嚴重新型傳染性病原體呼吸系統病」的呈報準則指示，醫生如發現任何病人出現發燒及急性呼吸道感染徵狀或肺炎病徵，並曾於病發前 14 天內到訪武漢市，應通報衛生防護中心作進一步調查²。

1 月 20 日，衛生防護中心第二次更新呈報準則：將地點改為（甲）曾到訪湖北省；或（乙）曾到訪內地醫院³。當日湖北省確診病例有 270 例⁴。我在 2 月 5 日去信衛生防護中心總監，建議進一步修改呈報準則。那時候全國各省、港澳台地區、海外 23 個國家等皆有確診個案⁵。內地有 20,438 病例，當中出現超過 300 宗個案的地方包括：廣東省（797）、浙江省（724）、河南省（675）、湖南省（521）、安徽省（480）、江西省（391）和重慶市（337）⁶。故此，我建議在呈報準則加入以上的省份⁷，以科學及理論為本。

2 月 25 日，內地的確診病例超越 79,000 宗，衛生防護中心終於在一個月後更新呈報準則，將湖北省改為中國內地，及將韓國納入其中⁸。同日累計確診數字，意大利（322）、日本（164

+ 691) 及伊朗 (95)。所以我又去信行政長官建議擴大外遊記錄呈報的國家至意大利、日本及伊朗，以加強防控工作[9]。2 月 28 日，衛生防護中心列出中國內地、韓國、意大利、伊朗為出現 2019 冠狀病毒病活躍社區傳播的地區[10]。

3 月 8 日，法國 (949)、德國 (795)、日本 (455)、及西班牙 (374) 確診病例大幅飆升，所以我再三去信行政長官建議將以上國家納入「出現 2019 冠狀病毒病活躍社區傳播的地區」[11]。3 月 17 日，政府最後更新呈報準則，並對所有海外國家／屬地發出紅色外遊警示[12]。

我們根據呈報準則列出的地點，而決定誰要做病毒測試，把相關的人隔離。雖然我不斷寫建議書，三催四請，但是抗疫政策中呈報準則的更新，總是慢了 10 天至 1 個月。可是，病毒不會等人。

1 武漢市衛生健康委關於不明原因的病毒性肺炎情況通報。2020-1-5。

2 政府將刊憲將「嚴重新型傳染性病原體呼吸系統病」納入《預防及控制疾病條例》下法定須呈報傳染病，香港政府新聞公報 2020-1-7。

3 衛生防護中心就內地及韓國新型冠狀病毒感染肺炎個案提供最新資訊及更新呈報準則。香港政府新聞公報 2020-1-20。

4 國家衛生健康委員會的疫情通報。2020-1-21。

5 有新型冠狀病毒感染報告個案的國家／地區。衛生防護中心 2020-2-4。

6 國家衛生健康委員會的疫情通報。2020-2-4。

7 陳沛然。肺炎系列（四十六）建議進一步修改「嚴重新型傳染性病原體呼吸系統病」的呈報準則 2020-02-05。

8 Latest Situation of COVID-19 in Korea and Revised Reporting Criteria for Suspected Cases of COVID-19 . CHP 2020-02-24.

9 陳沛然。肺炎系列（八十五）建議擴大外遊記錄呈報的國家／地區 2020-02-26。

10 Communicable Disease Surveillance Case Definitions. Centre for Health Protection.

11 陳沛然。肺炎系列（一〇一）建議進一步修改「出現 2019 冠狀病毒病活躍社區傳播的地區」呈報準則 2020-03-08。

12 海外抵港人士須接受檢疫。政府新聞網 2020-3-17。

如果無病徵者不戴口罩

在香港首1000確診冠狀病毒病例的特徵
Characteristic of first 1000 confirmed COVID-19 cases in Hong Kong

	數目 number	N = 1000	%
發燒 fever	403		
乏力 malaise	1	636	63.6%
咳 cough	405		
呼吸困難 shortness of breath	48		
其他病徵 other symptoms		190	19.0%
無病徵 no symptom		174	17.4%

Case 97, the probable case which is antibody + and asymptomatic, is excluded.

References: Centre for Health Protection, News Archives Press Releases, HKSAR   drchanpierre

圖一

在 2020 年 4 月，全世界冠狀病毒病確診個案超過 200 萬宗，超過 10 萬人喪失生命[1]，在香港也超過 1,000 病例[2]。我翻查了 4 個月以來百多天的政府新聞公報，憑個案的公開資料，分析首千名確診個案的特徵[3]（見圖一）。

根據香港衛生防護中心網站和內地衛生部門提供的資料，「2019 冠狀病毒病」個案的病徵包括發燒、乏力、乾咳及呼吸困難[4]。在首千名確診個案，636 人有冠狀病毒病的病徵，當中 403 人有發燒。174 人無病徵，190 人有其他病徵，例如鼻塞、

喉嚨痛、腹瀉、頭痛等，即是超過 360 名確診個案 (36%) 沒有冠狀病毒病的病徵。

　　陸續有很多研究文獻發表，無病徵帶病毒者，都會傳播冠狀病毒[5,6,7,8]。在香港「打邊爐群組」爆發時，19 個出席打邊爐活動的家族成員中，共有 11 人確診[9]，家族成員中有 2 位從大陸而來的親戚，在 1 月 24 日至 29 日在香港，其中 1 位曾有輕微咳嗽，沒有求醫。得悉親友確診後，已回到大陸醫院求醫[10]，沒有下文。而其後爆發的「酒吧樂隊群組」，也有相當人數是無病徵的。

　　1 月 23 日，衛生署署長陳漢儀指市民沒有病徵於社交場合不需戴口罩[11]；2 月 25 日，有醫學組織聯會召開記者會，當中有專家說，健康的人士毋須戴口罩[12]。3 月 31 日，世衛緊急衛生計劃執行主任瑞安 (Mike Ryan) 說：沒有具體證據表明，大眾戴口罩有任何潛在好處。4 月 3 日，美國和新加坡都建議市民離開家時要戴口罩。世衛也掉頭了，瑞安說：我們當然可以看到在社區使用口罩的情況，可能有助於全面應對這種疾病[13]。

　　如果無病徵者或自己覺得無病徵的人不需戴口罩，不排除香港大爆發可能性，後果不堪設想。可幸香港人醒目，不會盡信官方的說話，絕大部分人都乖乖的戴口罩[14]。

1 WHO Director-General's opening remarks at the media briefing on COVID-19 – 2020-4-17.

2 衛生防護中心調查新增 11 宗 2019 冠狀病毒病確診個案。政府新聞公報 2020-4-11。

3 政府新聞公報，新聞資料庫，由 2020-1-23。

4 2019 冠狀病毒病，傳染病健康資訊，衛生防護中心。2020-4-9。

5 Rothe C et al. Transmission of 2019-nCoV infection from an asymptomatic contact in Germany. N Engl J Med. 2020.

6 Yan Bai et al. Presumed Asymptomatic Carrier Transmission of COVID-19. JAMA. 2020;323(14):1406-1407.

7 Zhiliang Hu et al. Clinical characteristics of 24 asymptomatic infections with COVID-19 screened among close contacts in Nanjing, China. Science China Life Sciences (2020).

8 Guoqing Qian et al. COVID-19 Transmission Within a Family Cluster by Presymptomatic Carriers in China. Clinical Infectious Diseases, 2020-3-23.

9 邊爐家族康復者：家族集體感染付出沉重代價。Now 新聞 2020-4-10。

10 與大陸親戚觀塘 Party Room 打邊爐後，兩人確診，七親友同枱初步確診。立場新聞 2020-2-9。

11 高官開記招無戴口罩，陳漢儀：沒有病徵社交場合不需戴。立場新聞 2020-1-23。

12 醫管局前高層：健康人士毋須戴口罩，兩情況下才需戴。香港 01，2020-2-15。

13 To mask or not to mask: WHO makes U-turn while US, Singapore abandon pandemic advice and tell citizens to start wearing masks. South China Morning Post 2020-4-4.

14 香港民意研究計劃。研究報告（十二）：「社區健康計劃」第八號報告 2020-3-20。

口罩之亂

2020 年 1 月 2 日，我在網誌「肺炎系列（一）：感染又來了，不要自亂陣腳」，第一篇文章已經叫大家做好預防工作，注重個人及環境衛生，佩戴口罩。

1 月尾，有人在社交平台上呼籲市民可以「蒸氣消毒」方式重用普通外科口罩，我回應指相信一個有常識的普通市民也知道做法不可行，因為蒸口罩會破壞口罩材料的結構[1]。有科學家回應解釋，口罩中所使用的聚丙烯纖維，是塑膠的一種，其纖維排列緊密，因此可阻擋飛沫及細菌。而聚丙烯纖維在高溫蒸氣下會變軟，有機會令纖維與纖維中間的距離變闊或變窄。距離變闊即會更易吸入細菌[2]。香港衛生防護中心亦表示，不應誤信外科口罩「洗完、蒸完」可再用[3]。中國國家健康衛生委員會，在 2 月 5 日發表《不同人群預防冠狀病毒感染口罩選擇和使用技術指引》，指明醫用標準防護口罩不能清洗，也不可使用消毒劑、加熱等方法進行消毒[4][5][6]。

2 月上旬，有政黨質疑醫護人員的用口罩速度。我的回應：早上外科口罩回醫院。然後進入隔離病房前戴 N95 口罩、PPE 保護裝備，每出一次隔離病房都要跟指引脫掉 PPE 頭套面罩、N95、洗手。進入第二個隔離病房時又要重複一次戴 N95、

PPE，離開隔離區時又要佩戴另一個外科口罩。如有疑問來找我，我照顧完確診病人後，和你面談。結果沒有人來找我，我每星期都會在有確診個案的醫院出入，一邊照顧病人，一邊待着哦。

香港市民長期受撲口罩之苦，我早在 1 月 8 日已經去信立法會和食物及衛生局局長，跟進政府有關口罩供應及存貨情況。醫管局管理層和政府官員向市民及立法會和諧地說，口罩有 3 個月存量[6至8]，數百人凌晨排隊買口罩，林鄭說口罩會陸續抵港，籲市民毋須過分搶購和恐慌[9至10]，結果當然是沒有如期到港，所以香港人要自救。

香港民意研究計劃公布「社區健康計劃」調查，靠香港人的努力，口罩存量慢慢回升：
● 調查日期 20.02.03-02.07：17.3 日[11]
● 調查日期 20.02.12-02.14：22.9 日[12]
● 調查日期 20.02.03-02.17：25.1 日[13]
● 調查日期 20.02.05-02.20：37.2 日[14]
● 調查日期 20.02.16-03.02：51.0 日[15]
● 調查日期 20.02.19-03.05：54.2 日[15]

　　我曾多次公開呼籲，3 星期的口罩儲備暫時足夠，呼籲有更多儲備的市民將口罩分予有需要人士[注字 17]。看到其他地方的政府出手照顧市民的口罩供應，香港人要自己撲口罩，點滴在心頭。

　　在 2 月 21 日，政府急急推出 300 億抗疫基金，當中 8 億用在研究可重用口罩的科技應用方案提供資助[18]。口罩如果是用來防疫抗疫，即棄、不會重用，防止感染，完。重用口罩，我認為用途是擋催淚煙，或用來蒙面。政府花 8 億去研究可重用口罩，我無話可說。

[1] 陳沛然轟蔣麗芸籲市民「蒸氣消毒」口罩說法具破壞性。TMHK 2020-1-31。

[2] 蒸口罩可吸入更多菌，用紫外線會照碎微膠粒即報銷。蘋果日報 2020-1-31。

[3] 衞生防護中心：不應誤信外科口罩「洗完、蒸完」可再用。香港電台新聞 2020-1-30。

[4] 不同人群預防新型冠狀病毒感染口罩選擇和使用技術指引。中國國家健康衞生委員會 2020-2-5。

[5] 一圖讀懂：不同人群預防新型冠狀病毒感染口罩選擇與使用技術指引。中國國家健康衞生委員會 2020-2-5。

[6] 陳肇始：公立醫院口罩量足夠使用 3 個月，醫管局指有需要時隔離病牀可增兩倍。立場新聞 2020-1-8。

[7] 人手緊絀必要時削非緊急服務，公院 3 千萬口罩可用 80 周。巴士的報 2020-1-10。

[8] 醫管局研必要時削非緊急服務公院有 3000 萬口罩儲備。星島日報 2020-1-10。

[9] 數百人凌晨排隊買口罩，林鄭月娥：供應將至，毋須恐慌。RTHK 2020-1-31。

[10] 林鄭月娥：口罩會陸續抵港，籲市民毋須過份搶購和恐慌。RTHK 2020-1-31。

[11] 香港民意研究所研究報告（七）：「社區健康計劃」第三次調查報告。2020-2-7。

[12] 香港民意研究所研究報告（八）：「社區健康計劃」第四次調查報告。2020-2-14。

[13] 香港民意研究所研究報告（九）：「社區健康計劃」第五次調查報告。2020-2-18。

[14] 香港民意研究所研究報告（十）：「社區健康計劃」第六次調查報告。2020-2-21。

[15] 香港民意研究所研究報告（十一）：「社區健康計劃」第七次調查報告。2020-3-6。

[16] 民研：市民口罩儲備量平均留至 3 周 指全靠良心企業。香港 01，2020-2-14。

[17] 香港民研：人均口罩存量夠用 6 周，鍾庭耀倡組民間合作社分享。眾新聞 2020-2-25。

[18] 「防疫抗疫基金」，立法會財務委員會討論文件 FCR（2019 –20）46。2020-2-21。

派錢抗疫

2 月 14 日，林鄭在財政預算案發表一星期前，搶先宣布開立為數 300 億元「防疫抗疫基金」，在 2 月 21 日交由立法會財務委員會審議，多名議員均擔心基金的支援層面不夠廣泛，亦擔心行政程序太多而拖延發放時間。300 億，即是 30,000,000,000，10 個零。

2 月 26 日，財政司司長在「財政預算案 2020」會上宣布，向 18 歲或以上香港市民派錢 10,000 元。根據香港政府統計處，在 2019 年底香港人口有 750 萬人。數學上，如果每人 10,000 元，開支會超過 700 億元。政府在赤字幾百億的情況下，在一星期內派錢 1,000 億。政治上，財政司司長比特首派得更多，是否功高蓋主？

4 月 18 日，立法會財委會通過政府第二輪 1,375 億元的防疫抗疫基金撥款。我們花了 19.5 小時便批出 $137,500,000,000，即：

每小時 $7,051,282,051；

每分鐘 $117,521,367；

每秒鐘 $1,958,689。

這一刻令我想起電影《少林足球》，其中一幕周星馳去找三師兄出山踢足球比賽，從事股票經紀的三師兄不耐煩地說：「我一秒鐘幾十萬上落，無緣無故跟你們這幾個廢物去踢球，不好意思，你知道我這人就這麼直……」終於，我在立法會超越了三師兄，每秒鐘差不多 200 萬上落。不過，我仍然會無緣無故跟朋友去踢球，因為我是足球員。

　　根據《基本法》第七十三條，香港特別行政區立法會行使下列職權：
（二）根據政府的提案，審核、通過財政預算；
（三）批准稅收和公共開支。

　　1,375 億元，加上 300 億元，然後除以香港人口 750 萬人，即是每名香港人理論上平均分 $22,333，不過「防疫抗疫基金」1.0 和 2.0，分配不均。例如林鄭在記者會宣布，為了表達對醫護人員的感謝，在未來三年將豁免 12.5 萬名醫護人員註冊及登記費。根據護士管理局網頁，申請護士執業證明書的費用 230 元，有效期最長三年；而醫生執業註冊費用每年 400 元 [4]。我在 2 月 20 日、26 日及 4 月 6 日去信當局，跟進醫療撥款及對醫學界的支援，及要求擴大範疇支援私營的西醫和牙科診所 [5至7]。

政府在「防疫抗疫基金」文宣上寫着：「同心抗疫，共渡時艱。」當香港醫生在專心抗疫時，我見到身邊的人，口中說同心抗疫，身體的行動卻是批鬥人，對人不對事。真的是同心抗疫嗎？

立法會財務委員會（會議議程）2020-2-21。

2020 年財政預算案。2020-2-26。

立法會財務委員會（會議議程）2020-4-17。

林鄭稱為感謝醫護豁免三年註冊費，護士 230 元，醫生每年 400 元，但拒承諾不追究罷工。立場新聞 2020-4-8。

陳沛然。肺炎系列（七十七）跟進醫療撥款及對醫學界的支援 2020-02-20。

陳沛然。肺炎系列（八十六）要求擴大範疇支援私營的西醫和牙科診所 2020-02-26。

陳沛然。肺炎系列（一百四十一）再次去信司長要求擴大第二輪防疫抗疫基金支援私營醫生及牙科診所 2020-4-6。

抗疫攻略──
沙士報告

其實，我們香港對冠狀病毒疫情，一早已經有說明書。2019 年冠狀病毒病跟 2003 年沙士都是冠狀病毒，當年沙士有 3 份檢討報告：

1. 香港特別行政區沙士專家委員會報告書─「汲取經驗防患未然」；
2. 醫管局沙士疫症檢討委員會報告書；
3. 立法會調查政府與醫院管理局對沙士爆發的處理手法專責委員會報告[1]。

醫管局沙士報告書，在醫管局網站的相關連結已經不存在（404 Not Found）。政府報告書「汲取經驗防患未然」用字溫和，識睇一定要睇立法會專責委員會報告，有 8 點建議：

（一）傳染病監察及通報機制：專責委員會認為，有效的傳染病監察系統不應只依靠通過正式渠道獲取的官方資料，亦應容許交換、匯集及分析「軟性情報」。軟性情報包括通過非正式渠道，例如傳媒、互聯網、學術渠道，以及本港醫院和其他機構的內地及海外網絡獲取的資料[1]。在 2020 年，香港政府更依賴正式渠道獲取的官方資料，例如引述內地資料未發現明確人傳人證據[2]、封關與世衞聲明有衝突[3]、世衞專家建議不一定要戴口罩等[4]。

（二）在爆發新的傳染病時，應慎重考慮第一時間把該種疾病列入《檢疫及防疫條例》（第141章）的 附表1內。在2007年，政府向立法會提交《預防及控制疾病條例草案》（第599章）以取代《檢疫及防疫條例》，建議賦權行政長官會同行政會議在香港出現公共衛生緊急事態時，訂立《公共衛生緊急事態規例》，以應付和控制緊急情況及保障公眾健康。到2020年，政府於1月8日在憲報刊登將「嚴重新型傳染性病原體呼吸系統病」納入《預防及控制疾病條例》（第599章）。香港政府有跟從此建議。

（三）專責委員會認為，若決定是否封閉及其後重開醫院病房涉及公共衛生的因素，衛生署應參與有關決定。在2020年，層次不只在封閉醫院病房，而在封關。香港在疫情爆發後3個月，3月25日凌晨零時起才正式「封關」，所有非香港居民從海外國家或地區乘搭飛機抵港不准入境；及從內地、澳門和台灣入境香港的非香港居民，如在過去14天曾經到過任何海外國家或地區，亦不准入境。

（四）衛生署的追蹤接觸者及健康監察工作：專責委員會察悉，在沙士疫症爆發初期，衛生署追蹤接觸者及健康監察的資訊系統有不足之處。一個能有效追蹤接觸者資訊系統，包括：凡有

受感染人士的接觸者在接受健康監察期間到任何醫院求診，該系統均能即時提醒該醫院[1]。2020 年 2 月 15 日，立法會議員譚文豪聲稱有 8 名隔離人士涉嫌違反檢疫令，到公營醫院專科求醫，並隱瞞曾到內地的記錄。醫管局表示，未接獲相關個案資料[8]；2 月 18 日，內地回港男子「忘記」隔離令，在藍田上水周圍走，衞生署在晚上確認事件[9]。

（五）政府及醫管局應制訂全港性的應變計劃，以應付大規模傳染病爆發[1]。香港政府在 2020 年 1 月 4 日公布「對公共衞生有重要性的新型傳染病準備及應變計劃」，並同時啟動嚴重應變級別[10]。香港政府有跟從此建議。

（六）專責委員會亦認為，每間醫院均應委派指定的員工執行此類風險評估工作，包括有關醫院的資源可否應付新的工作等[1]。在 2020 年，醫管局因為口罩及保護裝備不足，而要減少非緊急服務[11]。

（七）專責委員會感到欣慰的是，在沙士疫症期間，政府當局持非常透明及開放的態度，讓公眾獲悉疫症的情況[1]。在 2020 年，香港政府在處理疫情時也是保持透明的態度，包括記者會到

立法會報告香港預防及控制 2019 冠狀病毒病的措施、設立網頁、公布 2019 冠狀病毒病的本地最新情況及報告個案的國家 / 地區、正在接受強制檢疫人士所居住的大廈名單、過去 14 天內曾有確診 2019 冠狀病毒病個案的大廈名單等。香港政府有跟從此建議。

（八）香港的醫護人員在沙士疫症期間，不眠不休、無畏無懼，為拯救別人而甘冒生命危險。他們發揮高度的專業精神，堅定無私，是香港公共醫療體系的中流砥柱之一。專責委員會促請政府及醫管局制訂政策及措施，以確保本港醫護人員的優秀水平及士氣得以保持及提高。在 2020 年，我無話可說，只希望不會有事鍾無艷，無事夏迎春。

香港一早已經有說明書，應對冠狀病毒疫情，照單執藥便可。公道來說，香港政府有跟隨部分建議，只是我們仍未有完全「汲取經驗，防患未然」而已。

立法會調查政府與醫院管理局對嚴重急性呼吸系統綜合症爆發的處理手法專責委員會報告。2004-7。

徐德義引述內地資料，武漢肺炎不排除有限度人傳人可能性。香港電台新聞 2020-1-15。

林鄭月娥：世衞籲勿助長歧視，阻內地人來港恐有衝突。香港電台新聞 2020-1-31。

林鄭月娥：口罩會陸續抵港，籲市民毋須過份搶購和恐慌。香港電台新聞 2020-1-31。

立法會：食物及衞生局局長動議二讀《預防及控制疾病條例草案》2007-12-19。

政府將刊憲將「嚴重新型傳染性病原體呼吸系統病」納入《預防及控制疾病條例》下法定須呈報傳染病，香港政府新聞公報 2020-1-7。

海外來港非港人將禁入境兩周。政府新聞網 2020-3-23。

八患者傳違令覆診，醫局未接報告。文匯報 2020-2-15。

內地回港男子「忘記」隔離令，疑藍田上水周圍走。東方日報 2020-2-18。

政府公布對公共衞生有重要性的新型傳染病準備及應變計劃，香港政府新聞公報 2020-1-4。

多間醫院限制個別部門使用 N95 口罩或保護衣物。Now 新聞 2020-2-15。

無知無覺

香港人先知先覺

　　2020 年 1 月，香港政府官員說未有證據有關病毒會人傳人，不排除有限度人傳人可能性[2]。又有官員說若無病徵，在普通社交場合不需要戴口罩[3]；去武漢視察回港後，官員在記者會不戴口罩[4]，局長見記者時咳嗽都無戴口罩[5]。香港人經過 2003 年的深刻教訓後，不再輕易相信官員的話，全民撲口罩[6]、戴口罩[7]，自己做好個人及環境衛生。

醫管局後知後覺

　　疫症爆發初期，醫管局管理層向市民及立法會和諧地說，口罩有 3 個月存量[8][9][10][11]；醫管局可於 72 小時內，將隔離病牀數增至 1,400 張[12][13]，豪言壯語。3 個星期後，改口說口罩存貨量已不足[14][15]。3 個月後，不夠保護裝備，減少非緊急服務[16]，隔離病牀 1,000 張（佔全數 65%）就說爆滿[17]，確診病人要在家等候兩天才能入院[18]。醫管局管理層講就天下無敵，令員工和市民失望。

香港政府官員無知無覺

　　香港防疫政策漏洞處處[19]。2 月政務司司長說疫情受控[20]、

健康申報制度有漏洞[21]、檢疫手帶 3 天未能啟動[22]、家居強制檢疫者違令行山[23]、病人隱瞞外遊記錄[24]，香港人看在眼裏。

特首曾說「封關」不切實際[25]、或造成歧視[26]、已經無乜意思[27]，不夠 2 個月，世界已經有 27 個國家包括中國實施不同程度的「封關封城」[28]。在香港，頭兩個月只有 29 個傳入個案，3 月 1 個月內有超過 400 宗傳入個案[29]。香港政府在 3 月 15 日公布 4 日後，才要求所有從外國抵港人士接受家居強制檢疫[30]，至 3 月 25 日才限制所有非香港居民從海外乘搭飛機抵港入境[31]。這檢疫空窗期，間接導致香港二波爆發。如果香港政府肯早 8 個星期做好入境限制和強制檢疫，打邊爐家族 15 人、酒家聚餐 9 人、佛堂群組 19 人、健身房群組 7 人、婚禮 20 人、酒吧樂隊相關群組 100 多人、卡拉 OK 群組 7 人[32]，及很多本地感染個案便不會發生，香港就能減少幾百宗個案，隔離病牀不會被爆滿。

我再次呼籲

政府當局在抗疫時，如特首所說以「科學同理論」為本[33]，切勿政治凌駕專業；醫管局要盡快處理管理不善問題，管理層以為在冷氣房「運籌帷幄」，令成千上萬的前線醫療員工在病房工作提心吊膽，使幾百萬市民受苦。

　　最後，我在這裏感謝香港人，先知先覺，助人自助，香港人加油。

1 不排除人傳人風險，陳肇始：政府進一步提高警覺。星島 2020-1-17。
2 徐德義引述內地資料，武漢肺炎不排除有限度人傳人可能性。香港電台新聞 2020-1-15。
3 高官開記招無戴口罩，陳漢儀：沒有病徵社交場合不需戴。立場新聞 2020-1-23。
4 港專家團籲考察疫症源頭。蘋果日報 2020-1-16。
5 陳肇始見記者咳無戴口罩。成報 2020-1-23。
6 陳肇始記者會不時咳嗽 未有戴口罩。巴士的報 2020-1-23。
7 市民撲口罩，部份藥房斷貨。蘋果日報 2020-1-3。
8 香港民意研究所轄下，香港民意研究計劃。研究報告（十二）：「社區健康計劃」第八號報告。
9 陳肇始：公立醫院口罩量足夠使用 3 個月，醫管局指有需要時隔離病床可增兩倍。立場新聞 2020-1-8。
10 人手緊絀必要時削非緊急服務，公院 3 千萬口罩可用 80 周。巴士的報 2020-1-10。

11 醫管局研必要時削非緊急服務公院有 3000 萬口罩儲備。星島日報 2020-1-10。

12 醫管局：可於 72 小時內將隔離病床增至 1400 張。香港電台新聞 2020-1-7。

13 1400 隔離病牀何來，一加一減數字遊戲，近千牀屬普通房。頭條日報 2020-1-14。

14 公院口罩不足三個月用量。文匯報 2020-1-31。

15 醫管局指現時外科口罩存量不足 3 個月，短期內會有新貨。香港電台新聞 2020-1-30。

16 醫管局調整服務，集中應對疫情。醫院管理局新聞稿 2020-2-10。

17 醫管局：無發燒無病徵感染者將轉入二線隔離病房。文匯報 2020-3-30。

18 41 確診者延遲送院疫情恐失控，劏房男等足 2 日，有公院隔離房 100% 用盡。晴報 2020-3-31。

19 陳沛然。肺炎系列（一百一十四）香港政府防疫招數漏洞處處 2020-03-18。

20 張建宗稱疫情受控，若有做得不好冀市民包容。852 郵報 2020-2-19。

21 謝明明。健康申報如虛設。蘋果日報 2020-3-16。

22 有家居隔離人士獲發手帶逾三天仍未能啟動。NowTV 2020-3-23。

23 疑家居檢疫者違令行山，呼「照片勿放 fb」。明報 2020-3-16。

24 病人怕被隔離隱瞞病情避談武漢，醫生勸從實招來免害己害人。晴報 2020-1-8。

25 林鄭月娥：「封關」不切實際。Now 新聞 2020-1-25。

26 回應全面封關建議，林鄭月娥稱或造成歧視。香港電台新聞 2020-1-31。

27 林鄭月娥：封關「已經無乜意思」，跨境人流已降至最低。獨立媒體網 2020-2-11。

28 Coronavirus Travel Restrictions, Across the Globe. The New York Times 2020-4-1。

29 陳沛然。肺炎系列（廿六）在香港確診個案的資料 Reported cases for Novel Coronavirus Infection in HK 2020-01-28。

30 海外抵港人士強制檢疫安排擴大。政府新聞網 2020-3-15。

31 海外來港非港人將禁入境兩周。政府新聞網 2020-3-23。

32 https://public.flourish.studio/story/178621/。

33 「抗疫報告」流出引熱議，林鄭：以科學及理論為本。頭條日報 2020-3-3。

賞罰分明

　　根據《基本法》第七十三條，香港特別行政區立法會行使下列職權：（五）對政府的工作提出質詢。《基本法》第六十四條，香港特別行政區政府必須遵守法律，對香港特別行政區立法會負責：執行立法會通過並已生效的法律；定期向立法會作施政報告；答覆立法會議員的質詢；徵稅和公共開支須經立法會批准[1]。

　　議員對社會大眾福祉的關注，可從立法會會議席上所提出的質詢上反映。議員提出質詢，旨在請政府就具體問題或事件及政府政策提供資料，目的是監察政府施政的成效。

　　我在疫情期間，曾多次去信特首、司長、局長、總監，對政府的防疫工作提出質詢，並作出建議[2]。政府相關部門也有回信。例如我曾對政府常在半夜出新聞公報提出不滿，晚晚等至半夜 2 時，相信有很多記者也有同感，亦未必趕及刊登於翌日的報紙[3]，給了衛生防護中心的同事很大壓力。

　　有彈有讚，我亦曾多次去信特首時，公開稱讚及感謝衛生署衛生防護中心的同事，每天不辭勞苦公布疫情數字和更新呈報準則，信件副件抄送至衛生防護中心總監，加以稱許[4-5]。

另外，我也多次在不同渠道，包括社交媒體、網頁、立法會會議中，感謝醫管局各位前線醫護、專職醫療、支援職系、管理的同事，也有多謝衞生署衞生防護中心的人和大學研究團隊。

　　博學、審問、慎思、明辨、篤行。賞罰分明，共勉之。

[1] 中華人民共和國香港特別行政區，憲法及基本法全文。

[2] 陳沛然。肺炎系列（四十七）我的建議及信件 2020-2-6。

[3] 陳沛然。肺炎系列（六十）當一個政府常在半夜出舊聞公報的時候 2020-2-10。

[4] 陳沛然。肺炎系列（八十五）建議擴大外遊記錄呈報的國家／地區 2020-02-26。

[5] 陳沛然。肺炎系列（一〇一）建議進一步修改「出現 2019 冠狀病毒病活躍社區傳播的地區」呈報準則 2020-3-8。

默不作聲？

　　有些朋友，問我為何近來就冠狀病毒病事件不出聲。我打了 100 個黑人問號。

　　由 2020 年 1 月 2 日開始，我已經十分關注冠狀病毒病的事態發展，包括：

- 接受傳媒訪問超過 100 次；
- 上電視電台講解超過 15 次；
- 寫建議書給政府超過 20 封；
- 向公眾解釋冠狀病毒肺炎，寫文章超過 200 篇，拍短片超過 40 段。

　　又有些朋友，問我有何建設？

　　我在 2020 年頭 3 個月，寫了超過 20 封建議書給政府，當中有很多建議其後皆落實為政策。第一封信是在 2020 年 1 月 8 日，去信立法會要求政府和醫管局為商業市場和公營醫院確保有足夠口罩數量。在 1 月 28 日，我寫信給政務司司長張建宗，除了確保醫護專職醫療支援人員有足夠口罩和保護衣外，也要求政府要為入境事務處及海關職員提供足夠口罩和保護衣。然後在 2 月 11 日去信醫管局行政總裁高拔陞醫生，要求確保

醫管局前線職員有足夠保護衣物[6]。在3月5日，去信食物及衛生局局長，關注普通科門診防護裝備規格和數量[7]。在3月9日，再去信食物及衛生局長，追問醫管局各聯網轄下各醫院的個人防護裝備的存貨量[8]。

　　有關診斷，先要把懷疑個案找出來，兩個重要線索，包括病徵和外遊記錄。我在2月4日去信行政長官，建議設立入境處專線供醫護人員核實外遊記錄，其後公營醫生可以在內聯網上查核病人的外遊記錄[9]。我分別在2月5日、2月26日、3月8日及3月9日，建議進一步修改「出現2019冠狀病毒病活躍社區傳播的地區」呈報準則，其後衛生署衛生防護中心也從善如流修改了[10至13]。

　　對於防疫工作，我早在1月28日，去信政務司司長，建議參考「港澳台」模式，考慮實行「香港口岸防疫新措施」，限制非香港居民來港的安排。在3月18日去信保安局關注入境防疫工作，及3月26日寫信給特首，詢問有關《豁免強制檢疫申請書》的安排[14至15]。結果，香港在3月25日，限制非香港居民入境，中國內地、台灣及澳門入境人士都須接受強制檢疫。

　　至於私家醫生及牙醫的事宜，我在 2 月 20 日、26 日及 4 月 6 日去信當局，跟進醫療撥款及對醫學界的支援，及要求擴大範疇支援私營的西醫和牙科診所[16 至 18]。在 2 月 28 日，我建議在《僱員補償條例》加入 2019 冠狀病毒病，並起草了文本[19]。

　　如果有些人沒有留意新聞，也可以去我的議員網站或個人網誌，看看在 2 月 6 日「肺炎系列（四十七）我的建議及信件」一文，詳細列出以上建議書信的內容[?]。欲加之罪，何患無辭？當大家安守家中時，我每星期仍然在公營醫院前線落手落腳工作[20]，做了百多篇中英文訪問，寫了超過 20 封建議書信，仍然不滿意。

　　我只能說，已經盡力而為，也會繼續努力。

[1] 陳沛然。肺炎系列（十四）新冠肺炎的我見 2020-1-23。

[2] 陳沛然。肺炎系列（四十七）我的建議及信件 2020-2-6。

[3] 陳沛然。肺炎系列（一〇二）政策建議的功課、寫信、遊說和等待。2020-3-8。

[4] 陳沛然議員於 2020 年 1 月 8 日發出的函件 – 立法會 CB(2)498/19-20(01) 號文件。

[5] 陳沛然。肺炎系列（廿四）去信司長 – 香港預防及控制新型冠狀病毒感染的措施。2020-01-28。

[6] 陳沛然。肺炎系列（六十三）要求確保醫管局前線職員有足夠保護衣物 2020-02-11。

[7] 陳沛然。肺炎系列（九十八）關注普通科門診防護裝備規格和數量 2020-03-05。

[8] 陳沛然。肺炎系列（一〇三）去信跟進香港預防及控制 2019 冠狀病毒病的措施 2020-03-09。

[9] 陳沛然。肺炎系列（四十三）建議設立入境處專線供醫療人員核實外遊記錄 2020-02-04。

[10] 陳沛然。肺炎系列（四十六）建議進一步修改「嚴重新型傳染性病原體呼吸系統病」的呈報準則 2020-02-05。

[11] 陳沛然。肺炎系列（八十五）建議擴大外遊記錄呈報的國家 / 地區 2020-02-26。

[12] 陳沛然。肺炎系列（一〇一）建議進一步修改「出現 2019 冠狀病毒病活躍社區傳播的地區」呈報準則 2020-3-8。

[13] 陳沛然。肺炎系列（一〇三）去信跟進香港預防及控制 2019 冠狀病毒病的措施 2020-03-09。

[14] 陳沛然。肺炎系列（一百一十五）去信保安局關注入境防疫工作 2020-03-18。

[15] 陳沛然。肺炎系列（一百廿八）去信特首問有關《豁免強制檢疫申請書》的安排 2020-03-26。

[16] 陳沛然。肺炎系列（七十七）跟進醫療撥款及對醫學界的支援 2020-02-20。

[17] 陳沛然。肺炎系列（八十六）要求擴大範疇支援私營的西醫和牙科診所 2020-02-26。

[18] 陳沛然。肺炎系列（一百四十一）再次去信司長要求擴大第二輪防疫抗疫基金支援私營醫生及牙科診所 2020-4-6。

[19] 陳沛然。肺炎系列（八十七）建議在《僱員補償條例》加入 2019 冠狀病毒病 2020-02-28。

[20] 陳沛然。肺炎系列（一〇八）抗疫 18 號 2020-3-12。

第四章

看不見的敵人

什麼是
新冠肺炎？

　　新冠肺炎指新型冠狀病毒引起的肺炎，名字由最初的不明肺炎[1]、武漢市肺炎病例群組個案[2]、新型冠狀病毒[3]，演變至2019冠狀病毒病[4]。「2019冠狀病毒病」是指2019年12月起在湖北省武漢市出現的病毒性肺炎病例群組個案，病原體為一種新型冠狀病毒[5]。2月11日，世衞總幹事譚德塞在瑞士日內瓦共同舉辦論壇說，將病毒命名為COVID-19。他解釋，CO代表冠狀（Corona），VI代表病毒（Virus），D代表疾病（Disease），19代表確認病毒的年份[6]。

　　我有些不同意新冠肺炎此名字，第一，新冠也是一個地方名；第二，今次疫情用了個新字，那麼下次是否叫做超新、特新、小新或勁新呢？

　　在2020年1月初，當時仍未知道怎樣做確實診斷、不知道傳染途徑、不知道死亡率等等。另一方面，在香港的武漢肺炎懷疑個案，當時仍然未有確診個案、未有嚴重個案、未有本地個案、未有本地爆發。

　　3月，中國內地確診個案超過8萬例[7]，全球超過180個國家已有人受感染，世界衞生組織在3月11日宣布全球大流行[8]。

2019 冠狀病毒病的徵狀包括發燒、乏力、乾咳及呼吸困難。其中部分患者病情嚴重。經呼吸道飛沫傳播是主要的傳播途徑，亦可通過接觸傳播。潛伏期大概是由 1 天到 14 天，最常見的是 5 天左右。治理方法主要為支援性治療，暫時沒有預防這傳染病的疫苗[1]。診斷方法是檢測臨牀標本中的 SARS-CoV-2 病毒核酸；或從臨牀標本中分離出病毒；或在血清樣本 SARS-CoV-2 抗體增加四倍或更多[2]。

　　在這一章，我會為大家詳細講解 2019 冠狀病毒病。

政府指不明肺炎無法排除人傳人，管控措施延緩後果堪虞。香港電台 2020-1-7。

立法會衛生事務委員會，政府當局就湖北省武漢市出現肺炎病例群組個案的應對措施。立法會 CB(2)468/19-20(05) 號文件 2020-1-10。

立法會衛生事務委員會，香港預防及控制新型冠狀病毒感染的措施。立法會 CB(2)575/19-20(01) 號文件 2020-1-30。

立法會衛生事務委員會，香港預防及控制 2019 冠狀病毒病的措施。立法會 CB(2)673/19-20(01) 號文件 2020-3-10。

香港衛生署衛生防護中心 – 2019 冠狀病毒病。

WHO Director-General's remarks at the media briefing on 2019-nCoV on 11 February 2020。

截至 3 月 1 日 24 時新型冠狀病毒肺炎疫情最新情況，國家衛生健康委員會 2020-3-2。

WHO Director-General's opening remarks at the media briefing on COVID-19 – 11 March 2020.

Severe Respiratory Disease associated with a Novel Infectious Agent, Communicable Disease Surveillance Case Definition, Communicable Disease Information System, Centre for Health Protection.

冠狀病毒的故事

　　冠狀病毒（CoV），因為在電子顯微鏡下，病毒看起來像被冠狀尖銳結構所覆蓋，所以命名為冠狀病毒。病毒可引起各種疾病，從普通感冒到更嚴重的疾病，例如中東呼吸綜合症（MERS-CoV）和嚴重急性呼吸綜合症（SARS-CoV, 沙士），也是由冠狀病毒引起的。冠狀病毒病，於 2019 年發現，所以世界衛生組織將它命名為 19 病，COVID-19[1]。

　　冠狀病毒是人和動物共患的病毒，這意味着它們在動物和人之間傳播。研究發現，SARS-CoV 是從果子狸傳播給人類，而 MERS-CoV 是從單峰駱駝傳播給人類，幾種已知的冠狀病毒正在尚未感染人類的動物中傳播。

　　冠狀病毒可以分為很多種，包括可致輕微疾病如傷風的病毒，也可引致嚴重疾病如嚴重急性呼吸系統綜合症的病毒。冠狀病毒主要有 3 種，包括：alpha（α），beta（β）和 gamma（γ）。而中東呼吸綜合症冠狀病毒屬於 beta 類別，以往從未在人類中發現，亦跟以往在人類或動物中發現的冠狀病毒（包括引致沙士的冠狀病毒）不同[2]。

　　2003 年的沙士，香港人遭逢的慘痛經歷。全球共有 8,096

例，中國內地佔了 5,327 例，全球有 29 個地區受到感染，死亡率 9.6%。而香港有 1,755 例，299 人死亡，在香港的死亡率達 17%，當中有 386 名醫護人員受感染[3至4]。

中東呼吸綜合症，由 2012 年開始至 2019 年 11 月底，全球 27 個國家共有 2,494 例，當中 858 個相關死亡，死亡率達到 34.4%，大多數個案都是在沙地阿拉伯[5至6]。

今次 COVID-19，初時有很多人輕視為一般流感，怎料演變成全球大流行。

WHO Director-General's remarks at the media briefing on 2019-nCoV on 11 February 2020.

香港衞生署衞生防護中心 – 中東呼吸綜合症.

Summary of probable SARS cases with onset of illness from 2002-11-1 to 2003-7-31. WHO.

香港衞生署衞生防護中心 – 嚴重急性呼吸系統綜合症（沙士）。

Distribution of confirmed cases of MERS-CoV by place of infection and month of onset, from March 2012 to 2 December 2019". European Centre for Disease Prevention and Control. 2019-12-6.

Middle East respiratory syndrome coronavirus (MERS-CoV). WHO 2019-3-11.

	2019 冠狀病毒病 COVID-19	中東呼吸綜合症 MERS	沙士 SARS
年份	2019	2012	2003
病原體	冠狀病毒 SARS-CoV-2	冠狀病毒 MERS-CoV	冠狀病毒 SARS-CoV
爆發地點	中國湖北省武漢市	沙地阿拉伯	中國內地和香港
病徵	發燒、乏力、乾咳及呼吸困難	發燒、咳嗽、呼吸急促和困難。有些患者還有腹瀉、噁心或嘔吐	發高燒、發冷、顫抖、頭痛、疲倦或肌肉痛、肚瀉、咳嗽、呼吸困難
潛伏期	1至14天，最常見是5天	2至14天	2至7天，可長達10天
傳播途徑	經呼吸道飛沫傳播，亦可通過接觸傳播	可能透過接觸動物（尤其是駱駝）、環境或確診患者而受感染	經呼吸道飛沫傳播，亦可通過接觸傳播
治理方法	主要為支援性治療	主要為支援性治療	主要為支援性治療
疫苗	暫時未有	暫時未有	暫時未有
預防方法	保持良好的個人衛生 保持良好的環境衛生	保持良好的個人衛生 保持良好的環境衛生	保持良好的個人衛生 保持良好的環境衛生

病毒和細菌是不同的

有很多人包括議員，不知道病毒和細菌的分別。讓我為大家講解。

世上有很多微小生物，簡稱微生物，例如寄生蟲、黴菌、細菌、病毒，微生物自古以來已經存在於世界，也跟人類共存，有些微生物會使人類生病。寄生蟲可以肉眼所見，黴是真菌的一類，比寄生蟲小，我們還可以看到麵包上的發黴。病毒 (virus) 跟細菌 (bacteria) 完全不同，肉眼看不到細菌，可以用顯微鏡放大來看，長度大概是 1,000 納米，由 200 至 1,000 納米，肺炎鏈球菌、金黃葡萄球菌、鼠疫，就是會令人患病的細菌。

病毒比細菌更細小，經肉眼和顯微鏡都看不到，只有用電子顯微鏡才看到。流感、禽流感、登革熱、冠狀病毒肺炎是病毒引起的病。沙士 (SARS)、中東沙士 (MERS) 和今次的 2019 冠狀病毒病，都是由冠狀病毒 (coronavirus) 引起。

冠狀病毒的長度大概是 120 納米，由 90 至 130 納米。大家都可能聽過納米，納米是 nano-meter (nm)。

● 1 米的千分之一 = 1 毫米 (mm)
● 再千分之一 = 1 微米 (μm)

● 再千分之一 ＝ 1 納米 (nm)

● 1 納米 (nm) ＝ $\dfrac{1}{1,000,000,000}$ 米 (m)（10 億分之 1 米）

　　這個大小的概念十分重要，因為不同類型口罩可以阻擋或過濾細菌的大小，就是微米和納米，我會在口罩篇詳述。

　　細菌有細胞，病毒沒有，所以病毒要依靠宿主生存及複製。有些細菌是有益的，雖然大部分病毒是無益的，但是病毒可用於基因工程。有些口罩標籤標明可以擋細菌，有些商業產品聲稱可以殺菌，我想說，病毒和細菌是完全不同的東西。

米	meter(mm)	一米	1
毫米	millimeter (mm)	一米的千分之一	1/1,000
微米	micrometer (μm)	一米的百萬分之一	1/1,000,000
納米	nanometer (nm)	一米的十億分之一	1/1,000,000,000

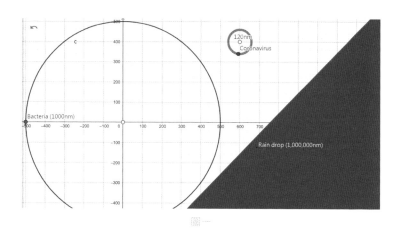

Bacteria (1000nm)

120nm
Coronavirus

Rain drop (1,000,000nm)

圖一

Differences Between Bacteria and Viruses, Regina Bailey, Thought Co.

Differences Between Bacteria and Viruses, microbiologyinfo.com.

Coronaviridae. Viral Zone.

Heather A Davies and MR Macnaughton. Comparison of the Morpholofy of Three Coronaviruses. Archives of Virology 59, 25–33 (1979) 米 meter (m) 1.

由肺炎說起，診斷的重要

　　肺炎，即是肺發炎。有很多原因會引起身體各部分發炎，例如跌倒擦傷手腳，傷口會紅、腫、熱、痛，就是發炎的反應。發炎是人體免疫系統對刺激物的反應，刺激物可能是細菌，但也可能是異物。肺部在身體裏，它發炎的時候，我們看不到紅腫，只會發熱、氣喘、咳嗽。

　　冠狀病毒肺炎是由病毒引起的，不過肺炎最常見的是由細菌引起，例如肺炎鏈球菌，細菌可以用抗菌素 (antibiotics) 醫治。有很多其他原因也會引致肺炎，除了感染外，還有吸入性肺炎、自身免疫系統引起的肺炎、化學物肺炎，例如催淚煙引致的化學性肺炎[1]。雖然肺炎最常見是由細菌引起，但是寄生蟲、黴菌、病毒也會感染肺炎。我跟女兒們解釋冠狀病毒肺炎，由淺入深，寄生蟲和黴菌是她們在日常生活中見過的東西，連 7 歲的三女兒也明白。

　　冠狀病毒肺炎的病徵，包括發燒、乏力、乾咳，以及呼吸困難[2][3]。一般肺炎的病徵從輕度至嚴重，取決於引起感染的細菌類型、年齡和整體健康狀況等因素。肺炎病徵的包括：
● 呼吸或咳嗽時胸痛；
● 咳嗽，可能有痰；

- 呼吸急促；
- 疲倦；
- 發燒、冒汗和發冷；
- 噁心、嘔吐或腹瀉。

　　新生兒和嬰兒可能沒有任何感染跡象。他們可能會嘔吐，發燒和咳嗽，出現躁動不安或疲倦，沒有精力，呼吸和進食困難。

　　部分肺炎患者病情嚴重，可以出現在病毒加上細菌感染、細菌入血、肺積水、肺膿腫、肺衰竭，甚至死亡。每年香港有4萬多人死亡，在 2018 年有 8,437 人因肺炎而死亡，排在致命疾病第二位。

　　日常照顧病人的工作，不像以上寫的般直接，在香港一天內可能有幾萬人發燒，在發燒的人中要找出誰人是肺炎或其他發炎，又要在芸芸肺炎患者中找出不同原因，知易行難，醫生的工作就是做診斷、找病因、提供治療。

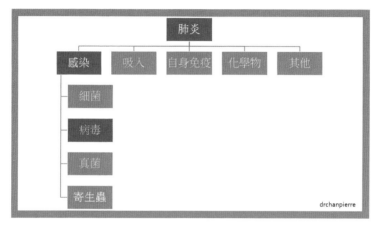

圖二

[1] Andrew KN Li and David Todd. Report of Justices of the peace on the inquiry into the events surrounding the removal of Vietnamese Migrants from the Whitehead detention centre. 1994-4-7.

[2] 香港衛生署衛生防護中心 – 2019 冠狀病毒病。

[3] Coronavirus. Health topics. World Health Organization.

[4] Pneumonia. Mayo clinic 2018-3-13.

[5] 2001 年至 2018 年主要死因的死亡人數，香港衛生署衛生防護中心。

遺傳和傳染的分別

當我在門診照顧乙型肝炎患者，都會跟他們解釋乙型肝炎的特性、診斷、傳播途徑、治理方法和注意事項。有些病人會跟我說，他們的乙型肝炎是遺傳的，媽媽和兄弟姊妹都有。我問遺傳和傳染的分別，他們說不知道，然後我會解釋清楚。

女兒小時候很介意其他人說她樣子像爸爸，認為女孩不能像男孩，反而說爸爸像她就可以。這個朝三暮四的概念，直至七八歲才開始明白。我問女兒遺傳和傳染的分別，她也說不明白。

傳字的意思是由一方交給另一方，或由上代交給下代。我跟女兒解釋，我們的黑頭髮、黑眼睛、黃皮膚，是遺傳；女兒的樣貌、高度，也是遺傳。我們不會因為跟金髮白皮膚的外國人接觸而被傳染而變色。有些疾病是由傳染得來，叫做傳染病，傳播途徑是指病原體由一處傳到另一處的方式，包括接觸、飛沫、空氣、食物或水源、蚊子叮咬、血液或體液、由母體傳給胎兒。透過不同傳播途徑的傳染病例子：
● 接觸傳播：手足口病、急性結膜炎（紅眼症）、疥瘡；
● 飛沫傳播：肺炎、季節性流感；
● 空氣傳播：水痘、麻疹、肺結核（塗檢陽性）；

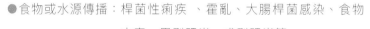

●食物或水源傳播：桿菌性痢疾 、霍亂、大腸桿菌感染、食物
　　　　　　　　中毒、甲型肝炎、戊型肝炎等；
●蚊子叮咬傳播：登革熱、日本腦炎；
●血液或體液傳播：乙型肝炎、愛滋病；
●由母體傳給胎兒：先天性德國麻疹綜合症 、先天性梅毒。

　　有些傳染病能以超過一種的方式傳播，例如：水痘可以經
接觸或空氣傳播。

　　故此，我向病人和女兒解釋，乙型肝炎是傳染病，不是遺
傳得來。冠狀病毒病也是傳染病，其傳播途徑經呼吸道飛沫傳
播，亦可通過接觸傳播。經我講解後，病人和女兒都明白遺傳和
傳染的分別。

　　最後我又跟女兒開玩笑，說她將壞習慣和脾氣遺傳給我，
女兒被我氣到哭笑不得。

參考資料
香港衛生署衛生防護中心 – 傳染病概念
Chain of Infection. Introduction to Epidemiology. Principles of Epidemiology in Public Health Practice, Third Edition.

　　科學家使用 R0（繁殖數）來描述傳染病爆發的強度。R0 是估計大流行或大規模爆發的重要部分，包括 2003 年沙士大流行，2009 年 H1N1 流感大流行和 2014 年西非伊波拉流行。

　　R0 的定義是患者在其感染期間平均引起的病例數，理論上有兩種不同的 R0，基本 R0 和有效 R0。基本 R0 代表病原體的最大流行潛力，如果患者進入一個完全易被感染的社區情況，基於理論的情況估計。有效 R0 取決於群體的實際情況，例如有人曾受感染、有免疫力或有抗體等因素，有效 R0 可能低於基本 R0。有效 R0 會隨時間而變化，R0 受病原體特性的影響，也受到人的因素，營養狀況或免疫系統的疾病，或受環境的影響，包括社會經濟和氣候因素。例如，麻疹的 R0 在 12 到 18 之間，R0 數值大代表麻疹病毒具有高度傳染性。流感病毒的傳染性較小，其 R0 為 0.9 至 2.1。

　　人口統計學家 Alfred Lotka 在 1920 年代提出了繁殖數概念。在 1950 年代，流行病學家 George MacDonald 建議用它來描述瘧疾的傳播潛力，如果 R0 小過 1，則該疾病將在人群中減少而消亡，因為平均而言，感染者會傳染給少於一個其他易感者。另一方面，如果 R0 大於 1，則表示疾病會持續傳播。專家使用 R0

來預測疾病的傳播範圍和速度，從而制訂防疫政策。

　　當公共衛生機構應對疫情時，會試圖將 R0 降至 1 以下，這對於 R0 高的麻疹等疾病來說實在很難，對於人口稠密的地區而言，也具有挑戰性。當年 2003 年的沙士大流行，科學家估計原始 R0 約為 2.75，兩個月後，有效 R0 降至 1 以下。一般而言，患者僅傳播給少於一個人，有時一個人傳播給數十甚至數百個其他病例，這種現象稱為超級傳播者，沙士的故事中，在新加坡和香港也曾出現超級傳播者。許多小組估計 2019 冠狀病毒病的 R0，帝國學院在疫症初期估計 R0 在 1.5 到 3.5 之間，這意味着冠狀病毒病比季節性流感更具傳染性，但比麻疹少。

　　流行病學家認為入境限制、強制檢疫、社交距離和自我隔離等措施，都可能會降低 R0，減低病毒的持續傳播，原來大家安在家中也可以救地球。

參考資料

Joseph Eisenberg. R0: How Scientists Quantify the Intensity of an Outbreak Like Coronavirus and Its Pandemic Potential. School of Public Health, the University of Michigan. 2020-2-12.

Morgan McFall-Johnsen and Holly Secon. The average coronavirus patient infects at least 2 others, suggesting the virus is far more contagious than flu. Business Inside. 2020-3-18.

傳染病的預防方法

　　醫學的發展，就是將疫症抽絲剝繭，找到確實診斷方法，找出原因例如傳染途徑，才可以對症下藥，針對性地做治療及預防工作。

　　2015 年，甲型肝炎個案飆升，1 個月 30 宗，爆發了，懷疑源頭為受污染藍莓 ，大家很緊張。甲型肝炎主要是透過接觸或進食受感染者糞便污染的物件、食物或水而傳播。保持良好的個人、環境及食物衞生，接受甲型肝炎疫苗預防注射，便能有效預防甲型肝炎。

　　2018 年，登革熱在香港有小爆發，我們知道登革熱的診斷方法、傳染途徑是由蚊子叮咬傳播、死亡率和預防方法。政府在 2018 年 8 月 17 日，宣布關閉獅子山公園 30 日 ，然後在 2018 年 10 月 12 日宣布獅子山公園由翌日起重新開放 ，疫情受控。

　　2019 年，麻疹在香港有小爆發，我們已經知道麻疹的診斷方法、傳染途徑、死亡率和疫苗，當知道某些個案跟機場有關，所以在機場實施的防控麻疹措施，由 2019 年 3 月 22 日至 5 月 17 日已為 8,501 名機場人員進行疫苗接種，香港政府在 5 月 17 日宣布早前於香港國際機場出現的麻疹爆發個案完結。

季節性流行性感冒（流感），每年冬季都有高峰期，病房爆滿，流感的傳播途徑是透過患者咳嗽、打噴嚏或說話時產生的飛沫傳播，亦可透過直接接觸患者的分泌物而傳播。衛生署呼籲市民要保持良好的個人及環境衛生、接種季節性流感疫苗，甚至有醫生建議在冬季流感高峰期市民戴口罩，多年來成效不彰。直至今年 2020 年，因為冠狀病毒病的來臨，衛生署衛生防護中心在 2020 年 2 月 13 日宣布冬季流感季節完結[6]，高峰期僅持續約 5 星期，近年最短[7]。內科和兒科住院病牀於午夜時的佔用率，減少了 40%。我覺得全靠超過 95% 香港人戴口罩，又提高了個人及環境衛生意識有關，謝謝香港人。

　　冠狀病毒病和流感的傳播途徑都是一樣，經呼吸道飛沫傳播，亦可通過接觸傳播[8,9]。所以我們建議的預防方法都是類同，保持良好的個人及環境衛生。在社會層面，就是減少輸入個案，減少本地人傳人病例，及避免社區爆發。

【杏林在線】甲型肝炎個案飆升，Now TV 2015-4-13。

香港衛生署衛生防護中心 – 甲型肝炎 2019-8-19。

署理食物及衛生局局長會見傳媒談話全文，香港政府新聞公報 2018-8-19。

獅子山公園重新開放，香港政府新聞公報 2018-10-12。

機場麻疹爆發個案完結，香港政府新聞公報 2019-5-17。

二○二○年冬季流感季節完結。政府新聞公報 2020-2-2-13。

冬季流感季節完結，高峰期僅持續約 5 星期，近年最短。香港 01，2020-2-13。

香港衛生署衛生防護中心 – 季節性流行性感冒 2019-7-18。

香港衛生署衛生防護中心 –2019 冠狀病毒病 2020-3-18。

死亡率

有一天，網民說病毒懂數學，死亡率維持在 2.1%。我立即去「fact check」，用網民的方法，即是每日死亡數字／累計報告確診病例 x 100%，畫了下圖（圖一），橫軸是日期，縱軸是死亡率。在疫情初期，有大量確診個案，分母不斷增大，死亡率好像很低，有一段時間維持在 2% 左右。隨着時間，確診個案慢慢放緩（分母），死亡人數增加（分子），死亡率愈來愈大，這是小學分數的問題。在疫情中，用來計算死亡率是不準確的。通常是疫情完結後，計算死亡率才能作準。

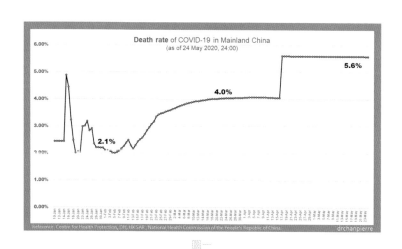

圖一

雖然說在疫症期間計算死亡率不準確，但是卻有點參考價值。例如武漢市的死亡率明顯比中國內地其他省市高出 2 倍，而意大利、英國、西班牙也比歐洲其他國家高出 2 至 5 倍，可以間接反映某地醫療系統受衝擊的情況。圖二和圖三是在 4 月其中一天的數據，圖三橫軸是不同歐洲國家。

　　2003 年沙士全球死亡率 9.6%，香港的死亡率達 17%[1][2]，所以網民說冠狀病毒病死亡率維持在 2.1%，可是我當時肯定不只此數，死亡率也會被錯誤低估，時間證明了我的預測。

[1] Summary of probable SARS cases with onset of illness from 2002-11-1 to 2003-7-31. WHO.
[2] 香港衛生署衛生防護中心→嚴重急性呼吸系統綜合症（沙士）。

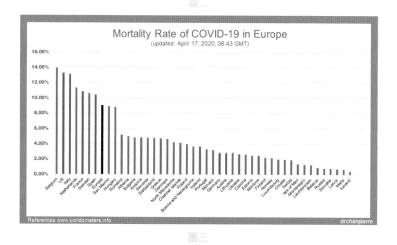

	累計死亡病例	累計確診病例	死亡率
武漢市	2,577	50,008	5.1%
中國內地其他省市	762	32,044	2.4%
香港	4	1,000	0.4%
台灣	6	385	1.6%
澳門	0	45	0%

截至2020年4月11日24時新型冠狀病毒肺炎疫情最新情況

Reference: Centre for Health Protection, HK ; National Health Commission of the People's Republic of China; Taiwan Centers for Disease.

drchanpierre

圖二

Mortality Rate of COVID-19 in Europe
(updated: April 17, 2020, 06:43 GMT)

References: www.worldometers.info

drchanpierre

圖三

希望有針對性藥物和疫苗

上一次沙士疫情，當年我們嘗試用高劑量類固醇 (Steroid)、利巴韋林 (Ribavirin) 進行治療，在衞生防護中心網頁，說明並未有針對性治療此病的方法，主要為支援性治療。2003 年沙士全球死亡率 9.6%，香港的死亡率達 17%[2][3]。靠當年沙士及中東呼吸症候群取得的經驗，今次面對來勢洶洶的疫症，採用了三合一療法：蛋白酶抑制劑 (Protease Inhibitors)、利巴韋林和干擾素一齊使用，做臨牀試驗，並且做比較研究，以蛋白酶抑制劑做基礎，再按情況配合干擾素或利巴韋林使用[4]。

在 2020 年，許樹昌教授向傳媒說明冠狀病毒病有何治療方案，有些病人入院時沒有缺氧、發低燒、咳嗽，有些病人則完全沒有缺氧，肺片沒有異樣。此類個案，會給予支援性治療，處方退燒藥，毋須抗病毒藥物。當病人有呼吸道徵狀，肺片或電腦掃描看到有明顯的肺炎，加上有少許缺氧，便處方抗病毒藥物：蛋白酶抑制劑，加上利巴韋林，部分早入院的個案也要使用干擾素，亦引入瑞德西韋 (Remdesivir)[5]。

話說干擾素、利巴韋林、蛋白酶抑制劑三合一療法，早在 2013 年已用在丙型肝炎治療，所以我們對使用該藥物有相當經驗。在 2014 年，我和黎青龍教授報告了丙型肝炎新療法，在傳

統藥物干擾素和利巴韋林組合外，蛋白酶抑制劑可以根治丙型肝炎[註7]。其後，在丙型肝炎治療中有多種藥物的出現，使治療慢性丙型肝炎的成功率大幅增加到超過 90%，現在已經不需要再用干擾素和利巴韋林來治療丙型肝炎。

醫學的發展，就是汰弱留強，有用的治療例如阿士匹靈，不會因為舊和便宜而被打倒；相反蛋白酶抑制劑比傳統藥物干擾素更有效和較少副作用，便能取而代之。美國總統特朗普曾公開積極推廣另一種藥物羥氯奎（Hydroxychloroquine）作為一種可能的治療方法。據《紐約時報》報道，懷疑特朗普與藥物製造商有一些經濟利益衝突[註8]。其後研究顯示羥氯奎沒有益處後，特朗普也停止炒作羥氯奎了[註9]。

蛋白酶抑制劑及瑞德西韋是否真的有效治療冠狀病毒病，需要更多臨牀數據，拭目以待。

至於疫苗，更加是十劃只有一撇。2003 年的 SARS 和 2012 年的 MERS 仍然未能研發到疫苗[註9 及 10]，相信冠狀病毒病的疫苗也需要一段時間才有分曉。

1 嚴重急性呼吸系統綜合症（沙士），傳染病健康資訊，衛生防護中心。2019-8-28。

2 Summary of probable SARS cases with onset of illness from 2002-11-1 to 2003-7-31. WHO.

3 香港衛生署衛生防護中心－嚴重急性呼吸系統綜合症（沙士）。

4 公開三聯療法對抗武肺・港大孔繁毅教授：九成病人康復 肺片清晒！壹週刊 2020-4-23。

5 【專家話你知】新型冠狀病毒有何治療方案？Now 新聞 2020-4-3。

6 港料四年後「零丙肝」。東方日報 2014-11-18。

7 Treatment offers hope for Hepatitis C patients. South China Morning Post 2014-11-18.

8 Trump's Aggressive Advocacy of Malaria Drug for Treating Coronavirus Divides Medical Community. The New York Times. 2020-4-6.

9 Trump stops hyping hydroxychloroquine after study shows no benefit. The Guardian 2020-4-22.

10 香港衛生署衛生防護中心－中東呼吸綜合症。

近乎完美風暴

	麻疹	禽流感 H5N1	沙士	2019冠狀病毒病
1) 診斷	麻疹病毒	甲型流感病毒 （H5N1、H5N6、H6N1、H7N4、H7N9、H9N2和H10N8等）	冠狀病毒	冠狀病毒
2) 傳染				
傳染能力	非常高	-	高	高
傳播途徑	飛沫、或直接接觸病人的鼻喉分泌物。	接觸染病的禽鳥或其糞便	人與人近距離接觸、飛沫、可能空氣	飛沫、人與人近距離接觸
人傳人	是	低	是	是
3) 死亡率	很低 (0.2%)	高 (60%)	高 (9.6%)	未知道
4) 藥物治療	未有特定療法	抗病毒藥物對病情可能有效	未有針對性治療	可能有
4) 疫苗	有	只有H5N1疫苗	無	無

Reference: Centre for Health Protection, Department of Health, HKSAR; WHO information　　drchanpierre

圖一

在這一章，前面用了幾篇文章為大家由淺入深介紹傳染病的故事，包括診斷、是否人傳人、傳染力、死亡率、有無治療方法或疫苗等五項要素。來到這一章的最後一篇文章，將會告訴大家冠狀病毒病怎樣達至近乎完美風暴。

麻疹（Measles），由麻疹病毒引起，傳播途徑透過飛沫，或直接接觸病人的鼻喉分泌物[1]，人傳人而且傳染力很高（R0 = 12-18）[2]。幸好麻疹的死亡率不高，大概 0.2 至 0.3%[3]，還有防疫注射是最有效預防麻疹的方法[1]。2019 年，麻疹在香港有小爆發，因為當時知道某些個案跟機場有關，所以在機場實施防控麻

疹措施，由 3 月 22 日至 5 月 17 日為 8,501 名機場人員進行疫苗接種，香港政府在 5 月 17 日宣布麻疹爆發個案完結。五項要素中，死亡率低及有預防疫苗，所以麻疹可控可防。

禽流感（Avian Influenza），由流感病毒引致，主要影響鳥類和家禽。其死亡率可以很高，例如 H5N1 的死亡率可達 60%。人類主要透過接觸染病的禽鳥或其糞便，或接觸受污染的環境而感染禽流感病毒。5 項要素中，人傳人的傳播能力十分低，所以不會大規模爆發。

2003 年沙士及 2019 冠狀病毒病，都是由冠狀病毒引起。沙士在 2003 年爆發初期仍未研究診斷方法，肯定有人傳人，傳染力高（R0 = 2-3），沙士的死亡率高達 9.6%，沒有預防疫苗。到 2020 年的冠狀病毒病，5 項要素集合了 4 項，我覺得在疫情中其傳染力 R0 及死亡率被低估、被輕視了，所以才可以製造出近乎完美的風暴，引致全球大流行。

近乎完美風暴，一定要提及世界其中一次大流行，天花（Smallpox）。在上世紀前，當時沒有科技可作出準確診斷。天花主要透過空氣傳播，人傳人的能力很高（R0 = 5-7），死亡率高

達 30%[5]，每年有 40 萬人死亡，累積死亡人數超過 3 億[7]，起初沒有預防疫苗，直至 Edward Jenner 在 1798 年證明用活牛痘病毒 (Cow Pox) 接種人類可以預防天花，世界衛生組織在 1959 年首次為天花疫苗生產和質量控制作出建議，到 1967 年強化根除計劃開始實施後，天花分別在北美 (1952 年)、歐洲 (1953 年)、南美洲 (1971 年)、亞洲 (1975 年)、非洲 (1977 年) 被消滅[8]。在 1980 年第三十三屆世界衛生大會正式宣布天花疾病已從世界上根除[9]。天花這個完美風暴隨着預防疫苗而落幕，聞名卻不能見面。

冠狀病毒病的風暴如何，我在這一章為大家先介紹傳染病的理論，然後在下一章帶大家回到現實世界，從世界各地的疫情，跟大家分享應該怎樣做好防疫工作。

[1] 香港衛生署衛生防護中心 – 傳染病。

[2] Joseph Eisenberg. R0: How Scientists Quantify the Intensity of an Outbreak Like Coronavirus and Its Pandemic Potential. School of Public Health, the University of Michigan. 2020-2-12。

[3] Epidemiology and Prevention of Vaccine-Preventable Diseases. The Pink Book. Center for Disease Control and Prevention.

[4] 機場麻疹爆發個案完結，香港政府新聞公報 2019-5-17。

[5] World Health Organization.

[6] SARS 專家鍾南山再爆：一名病人感染 14 名醫務人員。香港 01，2020-1-20。

[7] Epidemics of the Past: Smallpox: 12,000 Years of Terror. Infoplease.

[8] Smallpox. Center for Disease Control and Prevention.

[9] Smallpox. World Health Organization.

第五章

瞬間看地球疫情

從武漢封關
看防疫效果

武漢市公安局在 2020 年 1 月 1 日通報稱，日前一些關於「武漢病毒性肺炎」的不實信息在網絡流傳，公安部門對此進行了調查。8 人因散播不實信息，被警方依法處理[1]。1 月 5 日，根據武漢市衛生健康委員會，病例最早發病時間為 2019 年 12 月 12 日[2]。武漢市周圍的 17 個市衛生健康委員會網站，截至 1 月 8 日，未找到關於肺炎情況的消息[3]。

我在 2017 年曾去過武漢學術交流，在 2020 年 1 月 11 日我在網誌寫文章介紹武漢。武漢地處長江黃金水道及其第一大支流漢江匯流處，水運便利，明清時期就有「九省通衢」的美稱，近代京漢鐵路和粵漢鐵路陸續建成，更使武漢成為全國性的水陸交通樞紐之一，是中國內陸最大的水陸空交通樞紐。東去上海、西抵重慶、南下廣州、北上京城，距離均在 1,000 公里左右，被稱為中國的「高鐵之心」[4]。

自從 1 月 11 日，中華人民共和國國家衛生健康委員會公布，中國與世界衛生組織分享冠狀病毒基因序列信息[5]，然後由 1 月 10 日至 15 日，確診病例維持在 41 例，連續 6 日沒有新增確診病例[6]。

國家主席在 2020 年 1 月 20 日，對冠狀病毒感染的肺炎疫情作出重要指示，強調要把人民群眾生命安全和身體健康放在第一位，堅決遏制疫情蔓延勢頭[5]。同日，武漢市衛生健康委員會，通報由 62 增加至 198 宗病例[6]；北京市、上海市、廣東省衛生健康委員會，分別通報確診冠狀病毒感染的肺炎病例[8、9、10]。

　　1 月 23 日，中國湖北省武漢市停擺陸、水客運交通，並削減空運之後，總共有 13 個市縣宣布「封城」[11]。1 月 28 日，國家主席習近平在人民大會堂，會見譚德塞，說自己一直親自指揮、部署[12]。

　　3 月，中國內地累計報告確診病例超過 8 萬宗[13]。3 月 11 日，中共中央政治局委員、國務院副總理、中央指導小組組長孫春蘭說，在習近平總書記親自領導、參與指揮、親自部署下，湖北、武漢疫情防控行動發生積極變化，取得階段性重要成果[14]。3 月 18 日微博傳出一則消息，稱 18 日開始所有進北京的國際航班臨時轉飛國內其他機場，北京不再接受國際航班[15]，所有入境北京的人員，須轉送至集中觀察點，進行 14 天隔離觀察[16]。3 月 28 日，外交部、國家移民管理局宣布，3 月 28 日凌晨零時起，暫時停

止持有效中國簽證、居留許可、持 APEC 商務旅行卡的外國人入境[17]。

封城 28 日後，開始見效，中國內地確診病例數目逐漸平穩（見圖一）。林鄭特首曾說「封關」不切實際[18]、或造成歧視[19]、已經無乜意思[20]，陳肇始重申封關不可行[21]，她們應該好好溫習國家主席的講話和思想。

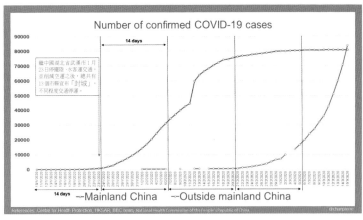

圖一

1 散佈武漢肺炎謠言 8 人被依法處理，荊州市衛生健康委員會，2020-1-2。

2 武漢市衛生健康委員會關於不明原因的病毒性肺炎情況通報。武漢市衛生健康委員會 2020-1-5。

3 陳沛然。肺炎系列（六）其他市衛生健康委員會的消息 2020-01-08。

4 每天經停 430 趟高鐵動車武漢晉級為中國「高鐵之心」。

5 中國將與世界衛生組織分享新型冠狀病毒基因序列信息。中華人民共和國國家衛生健康委員會 2020-1-11。

6 武漢市衛生健康委員會關於不明原因的病毒性肺炎情況通報。武漢市衛生健康委員會 2020-1-11 至 20。

7 習近平對新型冠狀病毒感染的肺炎疫情作出重要指示。中國政府網 2020-1-20。

8 武漢市衛生健康委員會關於新型冠狀病毒感染的肺炎情況通報。2020-1-20。

9 我市新增 3 例新型冠狀病毒感染的肺炎病例。北京市衛生健康委員會 2020-1-20。

10 國家衛健委確認上海首例輸入性新型冠狀病毒感染的肺炎確診病例。上海市衛生健康委員會 2020-1-20。

11 武漢封城第一天：恐怖、焦慮與鎮定。BBC 2020-1-24。

12 習近平北京晤世衛總幹事譚德塞，稱一定戰勝疫情。香港電台新聞 2020-01-28。

13 截至 3 月 1 日 24 時新型冠狀病毒肺炎疫情最新情況。國家衛生健康委員會 2020-3-2。

14 中央指導組：同湖北人民和武漢人民並肩戰鬥，堅決打贏湖北保衛戰、武漢保衛戰。新華網 2020-3-11。

15 傳北京機場將不接收國際航班，擬分流到天津河北內蒙。香港 01，2020-3-18。

16 北京「封關」，抵埠須自費隔離 14 天。頭條日報 2020-3-16。

17 封國！內地 28 日起史無前例禁外國人入境。蘋果日報 2020-3-26。

18 林鄭月娥：「封關」不切實際。Now 新聞 2020-1-25。

19 回應全面封關建議，林鄭月娥稱或造成歧視。香港電台新聞 2020-1-31。

20 林鄭月娥：封關「已經無乜意思」，跨境人流已降至最低。獨立媒體網 2020-2-11。

21 陳肇始重申封關不可行，稱「武漢都已經封城，無人嚟」。獨立媒體網 2020-1-26。

我建議參考
港澳台模式

　　我早在 1 月 28 日已經去信政務司司長，建議香港政府考慮參考「港澳台」模式，實行「香港口岸防疫新措施」，包括入境管制——限制非香港居民來港的安排，檢視健康申報問題，和強制檢疫 。

　　為何我建議「港澳台」模式？原因是在 1 月 23 至 27 日，中港台澳各地對防疫的政策差異：

- 1 月 23 日，繼中國湖北省武漢市停擺陸、水客運交通，並削減空運之後，總共有 13 個市縣宣布「封城」，不同程度的交通停擺 。

- 1 月 25 日，台灣流行疫情指揮中心，召集各部會研議中國大陸人士來台之相關限制 ：全面禁止湖北省陸人及陸生，暫緩去台灣；湖北省以外，觀光旅遊、社會交流、專業交流、醫美健檢交流暫緩受理；商務活動交流，除履約活動、跨國企業內部調動（含陪同人員）外，暫緩受理；但防疫交流、人道就醫、社會交流之團聚或隨行團聚、專業交流之駐點服務、投資經營管理，經審查後獲准去台灣，須配合自主健康管理 14 天。陸配回台（含湖北省），限制居住，自主健康管理 14 天。

- 1 月 26 日，林鄭月娥稱封關不切實際 ，陳肇始重申封關不可行 。

● 1 月 27 日，澳門政府推兩項防疫新措施，將會追蹤在澳門的湖北人，強制無病徵但堅持留澳的湖北人入住隔離營，或讓他們自行返回內地 [6 至 7]。澳門治安警巡查多間酒店賓館，協助逾百名湖北人離境 [8]。

當年 2003 年沙士，共有 8 千多病例，774 人死亡，第一位中國 5,327 例 349 死；第二位是香港，1,755 人染病，299 死，有 386 位醫護人員確診 [9]，8 人殉職 [10]；第三位就是台灣，346 人確診 37 死 [9]，11 名台灣醫護人員殉職 [10]。故此，在 2020 年，中國內地冠狀病毒疫情蔓延 [11]，香港人和台灣人像驚弓之鳥，對官方說話心中有數，人民選擇嚴陣以待。

台灣政府自 1 月 24 日管制口罩出口 [12]，2 月 1 日起，由政府統一調配口罩，每人限買 3 個 [13]。2 月 5 日，醫療院所口罩足夠，讓第一線醫護人員放心 [14]。2 月 6 日起，購買口罩將採實名制 [15]。 台灣在入境管制，2 月 7 日起，外籍人士只要 14 日內曾經入境或居住於中國大陸、香港或澳門，暫緩入境台灣；其他入境人士有不同程度的 14 日居家檢疫措施 [16]。2 月 16 日，為加強社區監測，具國外旅遊史、接觸史或其他可能風險族群加強採檢送驗 [17]。

澳門的入境管制更嚴，1 月 27 日起，所有來自湖北省的旅客和 14 日內曾到過湖北省的旅客入境澳門時須出示無感染冠狀病毒的醫生證明。2 月 20 日起，取得珠海市衛生部門發出的無感染冠狀病毒的醫生證明書後方可入境。3 月 18 日起，禁止除中國內地、香港和台灣地區居民及外地僱員所有非本地居民進入澳門[12]。澳門衛生局在 1 月 22 日宣布，在轄下 50 多間藥房推出保障口罩供應澳門居民計劃，外僱及澳門市民均可自費購買，並必須登記身分證[16]。澳門政府也將口罩數量實時放在網上，令市民放心[20]。

　　3 個月後，在 4 月下旬，全球確診個案超過 300 萬，美國超過 100 萬，歐洲區首 5 位西班牙、意大利、法國、德國和英國病例超過 10 萬，中國內地病例超過 8 萬。新加坡超過 1 萬，香港 1,000，台灣 400，澳門 40。

　　澳門也是一國兩制，為何澳門能做的，而香港不能呢？回顧我在 1 月 28 日去信政務司司長，建議香港政府考慮以「港澳台」模式，實行「香港口岸防疫新措施」，是有根有據，溫和可行，先知先覺，可惜我的建議不被採納。

1 陳沛然，香港預防及控制新型冠狀病毒感染的措施。立法會 CB(2)575/19-20(03) 號文件 2020-1-28。

2 武漢封城第一天：恐怖、焦慮與鎮定。BBC 2020-1-24。

3 因應中國大陸新型冠狀病毒肺炎疫情，中央流行疫情指揮中心訂定陸籍人士來臺限制。台灣衛生福利部 疾病管制署 2020-1-26。

4 林鄭月娥稱封關不切實際，醫護不應激進爭取訴求。星島日報 2020-1-26。

5 陳肇始重申封關不可行，稱「武漢都已經封城，無人喫」。獨立媒體網 2020-1-26。

6 澳門強制湖北人隔離或返內地，入境須持醫生紙證明無肺炎。明報 2020-1-26。

7 治安警積極配合特區政府防疫工作，澳門治安警察局 2020-01-27 17:04。

8 澳門治安警巡查多間酒店賓館，協助逾百名湖北人離境。RTHK 2020-1-27。

9 Summary of probable SARS cases with onset of illness from 2002-11-1 to 2003-7-31. WHO.

10 嚴重急性呼吸系統綜合症疫情期間殉職醫護人員列表，維基百科。2020-4-9。

11 習近平對新型冠狀病毒感染的肺炎疫情作出重要指示。中國政府網 2020-1-20。

12 紡織材料製口罩管制出口，籲請出口業者注意。台灣財政部關務署 2020-1-23。

13 政院宣布每日徵購 400 萬片口罩統一調度。中央通訊社 2020-1-31。

14 醫療院所口罩足夠，請第一線醫療人員放心。台灣衛生福利部疾病管制署 2020-2-5。

15 口罩販售實名制 2 月 6 日上路，民眾可持健保卡購買。台灣衛生福利部疾病管制署 2020-2-3。

16 一文看清全球各國入境管制 日韓台有何封關措施？香港 01，2020-2-7。

17 為加強社區監測，具國外旅遊史、接觸史或其他可能風險族群加強採檢送驗。台灣衛生福利部疾病管制署 2020-2-16。

18 抗疫專頁，入境檢疫措施，澳門疾病預防控制中心。

19 衛生局將推出保障口罩供應澳門居民計劃，確保居民可購買到所需口罩。新型冠狀病毒感染應變協調中心 2020-1-22。

20 抗疫專頁，口罩售賣，澳門疾病預防控制中心。

日本公主號的隔離方法

　　2020 年 1 月 16 日，日本證實首宗冠狀病毒感染的病例，那是一位曾去中國武漢旅行的人。這是繼 1 月 13 日在泰國確認一宗病例後，在中國境外發現的第二宗確診病例 。在 2 月頭，有醫生朋友轉發短訊給我，說可以請香港政府考慮將世界夢號轉為檢疫中心，我在蒐集資料和構思建議書時，爆發了鑽石公主號事件。

　　2 月 1 日，一名曾乘搭鑽石公主號的香港乘客確診，全船因此被迫在日本橫濱的港口隔離。該船於 2 月 3 日抵達日本海域，船上有 3,711 名乘客和船員。在接下來的一個月，船上有 700 多人受感染，包括一名護士。自鑽石公主號以來，至少有 25 艘遊輪都出現冠狀病毒感染的病例[2]。

　　2 月 14 日，我在電視台錄影抗疫節目「全民開講齊抗疫」，森美在節目上提及其父母皆身處停泊在橫濱的「鑽石公主號郵輪」上，也轉述透露了郵輪上的隔離情況，提及在初時乘客都繼續在餐廳吃飯，後來感染人數多了，他們才獲安排在房間隔離，送餐至房間。郭家麒醫生說收到求助個案，有位女士被確診後，在等候入日本醫院期間，日本職員不但允許她回到房間跟丈夫

待在一起，還准許她繼續放風！以上的情況都大大增加交叉感染的機會[3]。

　　2 月 18 日，日本神戶大學感染症專科教授岩田健太郎，以災害派遣醫療小組成員身分登上鑽石公主號，回家後在個人影片頻道說，船上光怪陸離，違反傳染防治的危險現象[4]，郵輪上未有劃分受病毒污染的危險區與安全區，亦沒有專家常駐船上，形容狀況非常慘烈。影片上載大約一日內，錄得超過 100 萬的播放次數。然後岩田在自己的推特表示，已經刪除有關影片，對受影片困擾的人士致歉[5]。

　　為了解隔離是否能有效阻止疾病傳播，Mizumoto 研究鑽石公主號實施隔離措施前後，冠狀病毒傳播能力的變化。研究結果顯示，鑽石公主號病例數字迅速增加的期間，船上病毒的 R0（繁殖數）為 11，遠高於先前新加坡與中國研究的平均預估值 1.1 至 7。不過，在日本政府採取嚴格的管制措施，禁止乘客隨意山房走動後，疾病的 R0 值便降到 1 以下，說明隔離對阻絕疾病傳播有一定的效果[6]。

鑽石公主號的故事，整隻船就是隔離營，使病毒不能傳入日本。可惜在處理鑽石公主號內部隔離的初期，未有劃分受病毒污染的危險區與安全區，以致功虧一簣。

　　日本公主號例子告訴我們沒有分隔「clean」和「dirty」的教訓，其實我們自從 2003 年沙士後已經知道這個道理。

Novel Coronavirus — Japan (ex-China). Disease outbreak news. World Health Organization 2020-1-16.

What the cruise-ship outbreaks reveal about COVID-19. Nature news 2020-3-26.

全民開講齊抗疫，鑽石公主號乘客如何自處。無線電視 2020-2-17。

日本感染學專家岩田健太郎登鑽石公主號直擊，防疫一團混亂。中央通訊 2020-2-20。

日本專家刪除評論鑽石公主號船上疫情管理影片。香港電台新聞 2020-2-20。

Mizumoto K et al Transmission potential of the novel coronavirus (COVID-19) onboard the diamond Princess Cruises Ship, 2020. Infectious Disease Modelling, 5, 264—270 (2020).

南韓高科技人盯人戰術

　　2020 年 2 月下旬，位於南韓第三大城市大邱市的教會，發生冠狀病毒的群組感染。南韓疫情災區主要有兩個患病群組。首先是大邱市新天地耶穌會，該異端教會不准信徒戴口罩會面，並出現超級傳播者。在地板上鋪得密密麻麻的墊子上，跪着大量信徒，加上長時間禮拜，結果病毒瞬間擴散。第二個主要患病群組，在慶尚北道清道郡大南醫院集體感染。大邱市以及慶尚北道佔南韓全國病例近 90%。

　　南韓實施了多項措施來控制這種疾病的傳播，能夠將單日新增感染人數從 3 月 3 日的 851 降至 4 月 17 日的 22，而死亡率壓制至徘徊在 2% 左右。其中兩項措施對韓國防疫至關重要：對疾病進行廣泛測試，以及建立及時有效跟蹤確診個案的國家體系。

　　2015 年中東呼吸綜合症，當年由於在醫院有市民和醫務人員受感染，削弱了控制病毒的能力。汲取了經驗，在 2020 年感染爆發時，南韓政府確保提供適當的個人防護設備，以避免醫護人員受到感染，確保了安全的測試和治療設施。然後便開始大規模病毒檢驗（超過 440,000 人），覆蓋全部有症狀的人，測試陽性的人會被隔離並接受治療。廣泛的測試是確定感染狀況的關鍵，識別任何感染熱點，以及追蹤緊密接觸者。

　　韓國疾病預防控制中心進行聯繫追蹤系統，名為 COVID-19
Smart Management System (SMS)，把來自國家警察局、信貸
金融協會、三家智能手機公司和 22 家信用卡公司等 28 個組織
的數據，跟蹤確診者的個人活動，衛生中心會發送通知曾與確診
者接觸的人。在 2015 年中東呼吸綜合症爆發後，韓國已經着手
處理關於個人私隱的法律問題⁴。

　　南韓亦着手做好入境管制，從 4 月 1 日開始，所有進入韓國
的人都必須接受 14 天的隔離，限制了持中國湖北省護照的旅客
以及過去 14 天來過該地區的人士的入境⁵。餐館、教堂、酒吧、
體育館和學校都可以營業，但要遵守政府的檢疫規則，火車和公
共汽車如常運行，雜貨店存貨充足。市民戴着口罩，並保持社交
距離⁶。韓國政府更早在 2 月 5 日至 4 月 30 日，嚴懲蓄意囤積
大量口罩與消毒洗手液等防疫產品、以待高價而沽的生產商及販
賣者，可被判監兩年兼罰款 5,000 萬韓圓（約 33 萬港元）⁶。

　　南韓的防疫故事告訴我們，廣泛測試、所有入境者都必須接
受 14 天的隔離、嚴謹的高科技追蹤系統，做好人盯人戰術，就能
有效控制疫情，也不會像香港有打邊爐家族、酒家聚餐群組、健
身房群組、酒吧樂隊相關群組、卡拉 OK 群組等本地社區爆發。

[1] 韓國新天地教會勢力擴大的理由。日本經濟新聞中文版 2020-3-10。

[2] 【南韓疫情分佈圖】連續 3 日新增少於 20 宗，疫情似受控。2020-4-20。

[3] How South Korea flattened the coronavirus curve with technology. The conversation. 2020-4-21.

[4] KOREA COVID-19 Smart Management System. YouTube 2020-4-14.

[5] Coronavirus Travel Restrictions, Across the Globe. The New York Times 2020-4-1.

[6] 韓禁囤積口罩等防疫用品，違者囚兩年罰 33 萬。明報 2020-2-4。

新加坡人的自信和自滿

　　2020 年 1 月 23 日，新加坡確認首宗病例，一名來自武漢的 66 歲男子，他與家人於 1 月 20 日從廣州到新加坡 。同日，香港也宣布首宗病例，我們在同一條起跑線開始。

　　1 月 29 日，新加坡政府禁止任何湖北省居民以及於前 14 天到過湖北省的人進入新加坡。1 月 30 日，新加坡政府宣布，將向 130 萬個家庭分發 520 萬個口罩，每個家庭得到一包 4 個。1 月 31 日，當世衞宣布冠狀病毒為國際關注的突發公共衛生事件，新加坡政府宣布過去 14 天前往中國大陸的所有旅客將不再被允許進入新加坡或過境。

　　2 月 4 日，新加坡政府暫停學校、學前班和老年人護理設施，及大型聚會和社區活動 。那天的確診數字，新加坡 18 例，香港 17 例，而香港已經有首宗冠狀病毒病死亡個案，是中國內地以外的第二例死亡 。

　　2 月 10 日，新加坡貿易和工業部長陳振聲跟新加坡中華總商會領袖閉門會議，會面錄音流出，陳先生在會議上描述了政府在處理口罩分發方面的兩難處境，稱新加坡人恐慌購買日用必需品的行為可恥，同時描述這樣做的人為白癡。陳先生還批評新加

坡人像香港人一樣急於儲存廁紙的行為是「monkey see monkey do」。他說新加坡人一定不能像香港人一樣白癡[3]。那天的確診數字，新加坡 43 例，香港 36 例[4]。

3 月 24 日開始，新加坡政府不再允許所有短期遊客進入或過境新加坡，亦宣布了一系列嚴格措施，包括關閉所有酒吧、電影院和娛樂場所，並暫停所有補習班、進修班及宗教集會[5]。香港也在一天後，宣布所有非香港居民從海外國家或地區乘搭飛機抵港不准入境；及從內地、澳門和台灣入境香港的非香港居民，如在過去 14 天曾經到過任何海外國家或地區，亦不准入境。那天的確診數字，新加坡 564 例，2 死；香港 411 例，4 死[4]。

4 月 5 日起，新加坡每天新增確診數字開始超過 100 宗，4 月 14 日新加坡政府宣布，除兩歲以下幼兒及在戶外進行激烈運動的人外，所有人即日起外出必須戴口罩，並強調市民要保持社交距離，當局將會嚴格執法，初犯的會被罰款 300 新加坡元，再犯則會罰 1,000 新加坡元或交由法院審理，外籍人士違例者的工作證或永久居民身分可能會被吊銷[5]。回顧 1 月 29 日，新加坡政府曾呼籲健康市民不要戴口罩，有病徵才戴[6]。

4 月 17 日，新加坡在兩周內確診病例增長了 70 倍，主要在新加坡外籍工人宿舍爆發。根據新加坡媒體報道，工人宿舍環境就像香港最舊式公共屋邨，而一間房裏最少有 5 張碌架牀，住上 10 多人。在 4 月 21 日後連續幾天新增確診數字超過 1,100 宗，一天的數字已經超越香港的總數病例。此後新加坡確診病例共超過 4 萬，香港超過 1 千例。

　　從新加坡的故事看到，從市民的層面，初時相信政府呼籲健康市民不要戴口罩，外籍工人宿舍社交距離太近，都可能是後來爆發的原因。自信和自滿，一念之差。在抗疫中，做好自己，保持虛心，不需要笑人家，也不要怕人取笑。

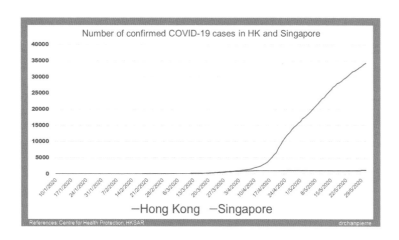

Number of confirmed COVID-19 cases in HK and Singapore

—Hong Kong —Singapore

References: Centre for Health Protection, HKSAR

drchanpierre

[1] Coronavirus: Timeline of events so far. The Straits Times. 2020-2-2.

[2] Coronavirus: Assemblies, large group activities in S'pore schools to be suspended. The Straits Times. 2020-2-4.

[3] Hong Kong netizens offended by Chan Chun Sing's "disgraceful" remarks, saying Singapore do not understand Hong Kong's actual situation. The Online Citizen 2020-2-20

[4] 疫情概覽，有 2019 冠狀病毒病報告個案的國家 / 地區。香港衛生署衛生防護中心。

[5] 新加坡人外出須戴口罩，新西蘭總理率內閣減薪。香港 01，2020-4-15。

[6] Advisory on wearing masks. Ministry of Health, Singapore. 2020-1-29.

[7] Two weeks and a 70-fold increase: A look into the COVID-19 outbreak in Singapore's foreign worker dormitories. Channel News Asia. 2020-4-17.

在歐洲看到醫療的重要

2020 年 3 月 13 日，世界衛生組織認為歐洲是冠狀病毒大流行的中心，個別國家的病例數字每 2 至 4 天就翻倍。3 月 17 日，歐洲境內所有國家都有確診病例。

1 個月後，在歐洲確診病例超過 100 萬，死亡人數超過 9 萬人。西班牙、意大利、法國、德國和英國病例都超過 10 萬，為歐洲區首 5 位。奇怪的是死亡率差天共地，德國大概 3%，另外 4 個國家超過 10%（見圖一）。我在第二章和第四章解釋過死亡率，死亡率是百分比，就是死亡數目，除以確診數目，然後乘100%。% 是 1/100 的符號，% 有兩個數字：分子和分母。

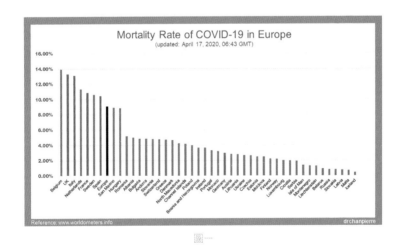

圖一

分子是死亡數目，數字愈高，死亡率 (%) 愈高。從新聞得知有些國家可能因為醫院爆滿，確診患者未能入醫院，甚至死在家中[8][9]。當確診病例超過 10 萬，就會衝擊當地醫療系統。根據經濟合作與發展組織 (OECD) 資料，每千名居民的醫院病牀數目，德國是 8 張，名列在歐洲區前茅，而英國、西班牙、意大利只有 2 至 3 張（見圖二），香港是 4.1 張[10]。我又找文獻去了解深切治療病牀數目，每 10 萬名居民，德國又是最高有 29.2 張，比英國、西班牙、意大利、法國超出 2 至 3 倍或以上[11]（見圖三）。

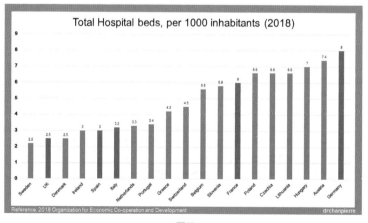

圖二

分母是確診病例數目，數字愈大，死亡率（%）愈低。有些國家不鼓勵居民檢驗病毒，病情嚴重才到醫院檢驗和治療；另外有些國家會大規模做檢驗，抽出隱形患者，然後做追蹤及隔離。截至 3 月 31 日，德國每千名居民有 11.66 次病毒檢驗，相比之下意大利（8.57）、法國（3.41）、英國（2.13）就少得多了[⋯]。而在香港，衛生防護中心總監在簡報會上表示，以每百萬人口計，本港病毒檢測量約 12,000 次，即每千人口約 12 次，為亞洲最多，當時處於全球前列[⋯]。

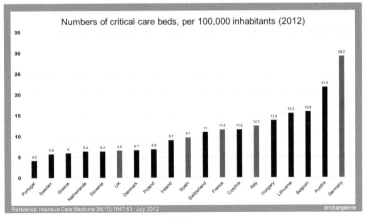

圖三

雖然還有其他因素影響疫情，但是相信以上的醫療狀況包括死亡率、醫院病牀數目、深切治療病牀數目及病毒檢測量，並不是偶然，從歐洲各國看到醫療系統在抗疫期的重要性。

WHO Director-General's opening remarks at the media briefing on COVID-19 – 13 March 2020. World Health Organization.

Max Roser et al. "Coronavirus Disease (COVID-19) — Research and Statistics". Ourworldindata.org.

Europe coronavirus cases reach almost 1 million, coming weeks 'critical': WHO. Reuters 2020-4-16

COVID-19 pandemic. Worldometer.

Death at home: the unseen toll of Italy's coronavirus crisis. Reuters 2020-4-5.

致哀！武漢訂正新冠肺炎確診病例死亡數為 3869 例。大公報 2020-4-17。

South Korean coronavirus patient; dies at home as 600 wait for hospital beds in Daegu. South China Morning Post 2020-2-28.

Coronavirus: Spanish army finds care home residents 'dead and abandoned'. BBC News 2020-3-24.

Total Hospital beds, per 1000 inhabitants. Organisation for Economic Co-operation and Development 2018.

香港統計年刊，政府統計處，2019 年版。

A Rhodes et al. The variability of critical care bed numbers in Europe. Intensive Care Medicine 38 (10) :1647-53. July 2012.

Joe Hasell et al. To understand the global pandemic, we need global testing — the Our World in Data COVBoris JohnsonID-19 Testing dataset. Our World in Data 2020.

本港病毒檢測量或為亞洲最多。政府新聞網 2020-3-31。

英美領導人的經濟考慮

　　當年香港立法會沙士專責委員會報告指出，在處理沙士疫情時，當時行政長官曾作出指令，指遏止及控制疫症蔓延是政府的首要任務。專責委員會察悉，政府只在較後階段，當疫情逐漸減退時，才開始把工作重點轉移至備受沙士疫情沉重打擊的經濟。專責委員會認為，政府先處理公共衛生，後處理經濟，是正確的做法[1]。

　　英國首相約翰遜和美國總統特朗普跟很多地方的領導人一樣，首先輕視疫情，以經濟為主。

　　美國總統特朗普在 3 月 9 日個人推特上寫，去年有 37,000 名美國人死於普通流感，平均每年死亡個案達 27,000 至 70,000。什麼都沒有關閉，生活和經濟繼續發展。目前只有 546 例確診的冠狀病毒病例，其中 22 例死亡，要想清楚[2]。

　　3 月 12 日，英國政府首席科學顧問瓦倫斯，記者會站在首相約翰遜旁邊，解說震驚世界的群體免疫（Herd Immunity）[3]。在翌日的電台節目，科學顧問繼續解釋群體免疫的目標是試圖減少感染高峰期，令絕大多數人、即約總人口的 60% 感染病毒患有輕度疾病，以提高群體免疫[4]。然後被多方炮轟之後，另一位

官員夏國賢（Matt Hancock）說，群體免疫不是政府政策其中的一部分，那是一個科學概念，而不是目標或戰略[5]。話說未完，英國查理斯王子在 3 月 25 日確診冠狀病毒病[6]，首相約翰遜在 3 月 27 日宣布自己出現病徵及確診[7]，4 月 7 日更要入深切治療部[8]，4 月 12 日才出院[9]。

英國人口 6,640 萬[10]，60% 即大概要 4,000 萬人受感染，有些地方死亡率超過 10%，就算以中國內地的死亡率 5% 計算，4,000 萬人受感染便會有 200 萬人死於此病，患病的人耗用隔離設施、醫院病牀及深切治療病牀不計其數。而根據經濟合作與發展組織（OECD）資料，每千名居民的醫院病牀數目，英國只有 2.5 張[11]，即是只有 16 萬張病牀，英國醫療設施無可能承受得到的。

美國總統特朗普曾公開積極推廣另一種藥物羥氯奎作為一種可能的治療方法。據《紐約時報》報道，懷疑特朗普與藥物製造商有一些經濟利益衝突[12]。其後研究顯示羥氯奎沒有益處後，特朗普也停止炒作羥氯奎[13]。特朗普在 4 月 14 日表示將停止向世衛提供資金[14]，也是錢。

我發短訊訪問移民美國的香港人的經歷，幾個月前有些亞

洲人開始在公共場合戴口罩，但後來他們聽到戴口罩的亞洲人遭到襲擊的消息，人們便不敢在公共場合戴口罩。她說美國人所做的，與我在網誌中所描述香港的情況剛好相反。

　　英國首相約翰遜和美國總統特朗普就如袁教授說，唔見棺材唔流眼淚。英美領導人的經濟考慮，將要付出沉重的人命代價。

美國總統特朗普的推特截圖

1. 立法會調查政府與醫院管理局對嚴重急性呼吸系統綜合症爆發的處理手法專責委員會報告。2004-7。

2. Tweeter. Donald Trump. 2020-3-9

3. United Kingdom Prime Minister Boris Johnson, Chief Medical Officer Prof Chris Whitty and Chief Scientific Adviser Sir Patrick Vallance hold a press conference on coronavirus. YouTube 2020-3-12.

4. Even while canceling mass gatherings, the U.K. is still aiming for deliberate 'herd immunity'. Fortune 2020-3-14.

5. We must all do everything in our power to protect lives. Telegraph 2020-3-14.

6. Prince Charles tests positive for coronavirus. RTHK news 2020-3-25.

7. Boris Johnson Twitter 2020-3-27.

8. Coronavirus: Boris Johnson moved to intensive care as symptoms worsen. BBC News 2020-4-7.

9. U.K.'s Boris Johnson Discharged From Hospital, But Isn't Yet Ready to Govern. Time 2020-4-12.

10. Overview of the UK population: August 2019. Office for National Statistics. 2019-8-23.

11. Total Hospital beds, per 1000 inhabitants. Organisation for Economic Co-operation and Development 2018.

12. Trump's Aggressive Advocacy of Malaria Drug for Treating Coronavirus Divides Medical Community. The New York Times. 2020-4-6.

13. Trump stops hyping hydroxychloroquine after study shows no benefit. The Guardian 2020-4-22.

14. Coronavirus: US to halt funding to WHO, says Trump. BBC News 2020-4-15.

15. 轟港官「唔見棺材唔流淚」，袁國勇致歉：太着緊或言辭過激。蘋果日報 2020-4-5।

聞名不如見面的大流行

2020 年 3 月 11 日，世衞終於宣布 COVID-19 為大流行[1]。大流行一詞來自古希臘語 pandemos，意思是每個人。pan 意思是全部，demos 代表人口。因此，pandemos 是全部人口受到影響。當一種新型病毒在世界各地出現並傳播時，大多數人沒有免疫力，就會有可能發生大流行[2]。在 1580 年首次用大流行這名字，在 19 世紀至少發生了 4 次流感大流行，於 20 世紀有 3 次[3]。

在 1918 年的流感大流行，也稱為西班牙流感。 據估計，這一大流行病感染了約 5 億人，佔世界人口的三分之一，並殺死了全世界約 5,000 萬人。有些科學家認為禽流感 H1N1 病毒引起的 1918 年大流行，疫情從 1918 年春天至 1919 年夏天才結束[4]。在 1957 年，東亞出現了一種新型的甲型 H2N2 流感病毒，引發了一場大流行，病毒於 1957 年 2 月出現在新加坡和 4 月在香港爆發，據估計這場大流行在全球造成 110 萬人死亡[2]。1968 年的大流行是由甲型流感病毒 H3N2 引起，該病毒由兩種來自禽流感病毒的基因組成，全世界估計死亡人數為 100 萬[5]。

在 2009 年春季，一種新型的甲型 H1N1 流感病毒，首先在美國被發現，並迅速傳播至世界，H1N1 病毒包含獨特的流感基因組合，以前在動物或人類中沒有發現。美國疾病預防控制中心估

計，在病毒傳播的第一年，全世界因 H1N1 病毒死亡人數為 15 萬至 57 萬人。世界衛生組織於 2010 年 8 月宣布全球 H1N1 大流行完結，但 H1N1 病毒每年仍以季節性流感病毒的形式傳播[2]。

除了流感病毒，鼠疫（Plague）在上上世紀引發了幾次大流行，在 14 世紀的黑死病於歐洲造成了超過 5,000 萬人死亡[3]。鼠疫是由細菌引起的傳染病，鼠疫感染主要有三種：腺鼠疫、肺鼠疫和敗血性鼠疫。人類感染鼠疫是嚴重疾病，腺鼠疫病死率為 30% 至 60%，如沒有接受治療，肺鼠疫是致命的。鼠疫是由受感染動物身上的帶菌跳蚤經叮咬而傳播。人類的皮膚若有傷口，而與帶菌動物的體液或組織接觸，或吸入患者的飛沫，亦會感染到鼠疫[5]。幸好抗生素的出現，救了很多性命[5]，也阻止鼠疫再次出現大流行。

天花(Smallpox)在 15 世紀，每年有 40 萬人死亡，累積死亡人數超過 3 億[7]，天花可透過空氣傳播，人傳人的能力很高[8]，死亡率高達 30%。幸而後來 Edward Jenner 在 1798 年證明用活牛痘病毒（Cow Pox）接種人類可以預防天花，在 1980 年第 33 屆世界衛生大會正式宣布世界上根除了天花疾病[9]。

　　我不知道這次冠狀病毒大流行要捱多久，也不知道最後要有多少人和醫護人員死亡。只知道暫時還沒有像流感病毒那樣有疫苗可以預防冠狀病毒，抗生素能撲滅鼠疫卻不能對付病毒。亦只能祈望和祈求這次大流行像以往的大流行一樣，會有終結的一天。

[1] WHO Director-General's opening remarks at the media briefing on COVID-19 – 2020-3-11.

[2] Past Pandemics. Center for Disease Control and Prevention. 2018-810.

[3] Influenza. The pink book. Center for Disease Control and Prevention.

[4] 1918 Pandemic Influenza: Three Waves. Center for Disease Control and Prevention. 2018-5-11.

[5] Plague. World Health Organization.

[6] 鼠疫，傳染病健康資訊，香港衛生防護中心。2019-12-4。

[7] Epidemics of the Past: Smallpox: 12,000 Years of Terror. Infoplease.

[8] Joseph Eisenberg. R0: How Scientists Quantify the Intensity of an Outbreak Like Coronavirus and Its Pandemic Potential. School of Public Health, the University of Michigan. 2020-2-12.

[9] Smallpox. World Health Organization.

世界衛生組織抗疫記錄

以下是世界衛生組織總幹事譚德塞由 2020 年 1 月 22 日起，向世界說的話，烙印在世衛的網頁上。

1 月 22 日，譚德塞說，感謝中國衛生部長的合作，和習近平主席和李克強總理的領導。當時中國內地累計報告冠狀病毒感染的肺炎確診病例 440 例。

1 月 29 日，譚德塞從中國回到瑞士日內瓦，匯報有機會會見了習近平主席。表示中國為遏制爆發所做的努力，對於防止該病毒的進一步傳播至關重要。中國公開透明發布信息，用破紀錄般短的時間，甄別出病原體，及時主動向世衛和其他國家，分享有關病毒基因序列。當時總共有 6,065 例確診病例，包括中國的 5,997 例，佔全球所有病例 99%，中國境外的絕大多數病例，都有前往中國的旅行記錄，並首次指出可能持續人傳人。

1 月 30 日，譚德塞說，中國從發現疫情、分離病毒、測序基因組並與世衛和全世界共享的速度令人印象深刻。那時有 7,834 例，中國佔 7,736 例。1 月 31 日，世衛宣布，將冠狀病毒疫情，列為國際公共衛生緊急事件。

2月3日，新西蘭、澳洲、美國、新加坡、菲律賓、台灣、北韓、科威特、馬來西亞、日本、俄羅斯、蒙古、印尼、巴布亞新畿內亞、伊拉克和韓國，對中國或湖北省作不同程度封關[3]。譚德塞說，沒有理由採取不必要的措施來干擾國際旅行和貿易。當時，中國確診病例 17,238，其他 23 個國家共有 151 例[1]。

　　2月10日，譚德塞宣布，由艾爾沃德（Bruce Aylward）領導的世界衛生組織專家先遣隊抵達中國。2月11日，世衛總幹事譚德塞在瑞士日內瓦共同舉辦論壇說，將病毒命名為 COVID-19。他解釋，CO 代表冠狀（Corona），VI 代表病毒（Virus），D 代表疾病（Disease），19 代表確認病毒的年份[1]。

　　2月23日，世衛報告中國共有 77,362 例，在中國境外的 28 個國家／地區有 2,074 例，意大利、伊朗和韓國的案件突然增加，令人深感關切。關鍵信息是仍然有信心病毒可以被遏制。

　　2月25日，中國境外病例增加，促使一些媒體和政界人士要求宣布大流行，譚德塞表示不應該太急於宣布大流行。2月27日，譚德塞說草率地使用全球大流行一詞，只會帶來嚴重的風險，放大不必要及無根據的恐懼及污名化，還可能發出錯誤的

訊號，讓大家認為已經無法控制病毒，但這與事實不符。那天，中國有共 78,630 例，其他 44 個國家 / 地區合共有 3,474 例。

3 月 11 日，在過去的 2 周，中國境外的病例數量增加了 13 倍，受影響國家數量增加了 2 倍，114 個國家 / 地區有 118,000 多個案例。世衛終於宣布認為 COVID-19 可被視為大流行病。3 月 19 日，譚德塞說中國首次沒有報告新增本地病例，這是一個了不起的成就。

3 月 31 日，世衛緊急衛生計劃執行主任瑞安 (Mike Ryan) 說：沒有具體證據表明，大眾戴口罩有任何潛在好處。4 月 3 日，美國和新加坡都建議市民離開家時要戴口罩。世衛也掉頭了，瑞安說：我們當然可以看到在社區使用口罩的情況，可能有助於全面應對這種疾病。

世衛的立場，直接影響各地政府的決定。以香港為例，林鄭在 1 月 31 日被問到政府是否不會考慮進一步封關時說，了解到提出全面封關的人士，是希望全面阻止內地旅客來港，即是不准某些人進入香港，恐怕會與世衛聲明有衝突；有市民在不同地區搶購口罩，林鄭強調，世衛專家的建議不一定要戴口罩。

4 月 20 日，譚德塞在推特發文，有很多醫護人員為救其他人而犧牲……向醫療攻擊就是向人道攻擊[7]。

　　我期望，世衞能預早和及時給予防疫建議，而不是新聞報道。

[1] WHO Director-General Speeches. Since 2020-1-22。

[2] 國家健康衞生委員會 – 疫情通報。由 2020-1-11 起。

[3] 因應新型肺炎實施封關國家一覽。生活易 2020-2-3。

[4] To mask or not to mask: WHO makes U-turn while US, Singapore abandon pandemic advice and tell citizens to start wearing masks. South China Morning Post 2020-4-4.

[5] 林鄭月娥：世衞籲勿助長歧視，阻內地人來港恐有衝突。香港電台新聞 2020-1-31。

[6] 林鄭月娥：口罩會陸續抵港，籲市民毋須過份搶購和恐慌。香港電台新聞 2020-1-31。

[7] Twitter. Tedros Adhanom Ghebreyesus. 2020-4-20.

香港比上不足比下有餘

　　《基本法》第一條，香港特別行政區是中華人民共和國不可分離的部分。成龍在 2019 年 10 月拍攝中國國慶節目時，高呼「噴嚏論」，強調中國已是強國，「中國打個噴嚏，地球都會震動一下」。在地球震動之前，香港必定首當其衝，2003 年沙士和 2019 冠狀病毒病就是例子。

　　2003 年沙士，共有 8 千多宗病例，774 人死亡，第一位中國 5,327 例 349 人死；第二位是香港，1,755 人染病，299 人死亡，有 386 位醫護人員確診，8 人殉職。在 2020 年，中國內地新型冠狀病毒疫情蔓延，香港怎能獨善其身？在 1 月 1 日，香港已經出現 21 宗曾到訪過武漢，然後出現發燒、呼吸道感染或肺炎徵狀的病人個案，至 1 月 23 日香港有第一宗確診個案。全靠香港人自救，才能勉強守得住。在抗疫初期，我們曾經被人取笑「Hong Kong is showing symptoms of a failed state」，及不要像香港人一樣白癡，「monkey see monkey do」。我們不怕被人取笑，專心做好防守，我們知道冠狀病毒會死人，死很多人，不是講笑。

　　有些人會有微言，問我為何追着政府不放手？根據《基本法》第七十三條，香港特別行政區立法會行使下列職權：（五）對政

府的工作提出質詢。《基本法》第六十四條，香港特別行政區政府必須遵守法律，對香港特別行政區立法會負責：執行立法會通過並已生效的法律；定期向立法會作施政報告；答覆立法會議員的質詢；徵稅和公共開支須經立法會批准。我的職責就是監察政府施政的成效，《基本法》中寫的。

　　我認為對抗冠狀病毒疫症的方法，一早已經有說明書。2019 冠狀病毒病跟 2003 年沙士都是冠狀病毒，立法會調查政府與醫院管理局對沙士爆發的處理手法專責委員會報告，結論及建議寫得清楚易明。關於應對冠狀病毒疫情，我認為可歸納為三個層面：

一、政府政策層面：包括入境管制、強制檢疫、訊息傳播及透明度；

二、醫院及監察層：主要由醫管局及衛生署負責，包括病毒檢測數量、追蹤緊密接觸者、醫院病牀數目、隔離病房、深切治療病牀數目；

三、市民社會層面：個人及環境衛生、戴口罩、保持社交距離，包括停課安排、在家工作、避免公眾地方群組聚集措施等。

　　在第一層，我國武漢市示範了在 1 月 23 日入境管制的效果，「封關」肯定不是不切實際，也不會造成歧視，香港分很多階段至 3 月 25 日才做到某程度的入境管制；在強制檢疫，日本鑽石公主號例子告訴我們沒有分隔「clean」and「dirty」的教訓，其實我們自從 2003 年沙士後已經知道這個道理，於疫症初期香港在強制檢疫和家居檢疫有點「打嗝」，有改善空間。在訊息傳播及透明度，我覺得香港做得好，尤其要鳴謝衛生署衛生防護中心前線的同事，每天不辭勞苦更新和公布疫情數字。

　　第二層防禦，從歐洲各國看到醫療系統的重要，香港沒有像某些國家和地方，因為醫院爆滿，確診患者未能入醫院，甚至死在家中。南韓的防疫故事告訴我們，廣泛測試、嚴謹高科技追蹤系統，做好人盯人戰術，便不會有打邊爐家族、酒家聚餐群組、健身房群組、酒吧樂隊相關群組、卡拉 OK 群組等本地社區爆發了。

　　在市民的層面，從新加坡的故事看到，初時相信政府呼籲健康市民不要戴口罩，外籍工人宿舍社交距離太近，都可能是後來爆發的原因。香港人在戴口罩一事上真的「無得彈」，在停課安排和在家工作也很合作，只是在群組聚集社區爆發有點瑕疵。

美國領導人的先經濟後衛生的考慮，將要付出沉重的人命代價。

　　台灣和澳門，由始至終，及早做好政府政策、醫院及監察、和市民社會三個層面上的防守工作，結果有目共睹。我們要保持虛心，不需要笑人家，也不要怕人取笑，香港比上不足比下有餘。

成龍愛國論 +1，「中國打個噴嚏，地球就會震動」。自由時報 2019-10-5。

Summary of probable SARS cases with onset of illness from 2002-11-1 to 2003-7-31. WHO.

嚴重急性呼吸系統綜合症疫情期間殉職醫護人員列表，維基百科。2020-4-9。

習近平對新型冠狀病毒感染的肺炎疫情作出重要指示。中國政府網 2020-1-20。

肺炎系列（廿七）郭家麒議員及陳沛然議員聯署函件 2020-1-7。

Two Confirmed Imported Cases of Novel Coronavirus Infection in Hong Kong. Letter to doctors. Centre for Health Protection 2020 1 23.

Ciara Ferreira Marques. Hong Kong Is Showing Symptoms of a Failed State. Bloomberg Opinion 2020-2-9.

Hong Kong netizens offended by Chan Chun Sing's "disgraceful" remarks, saying Singapore do not understand Hong Kong's actual situation. The Online Citizen 2020-2-20.

立法會調查政府與醫院管理局對嚴重急性呼吸系統綜合症爆發的處理手法專責委員會報告。2004-7。

後記
醫生爸爸成語課

010 嚴陣以待——擺好嚴整的陣勢，等待要來犯的敵人，形容做好準備工作。出自《資治通鑑・漢紀・光武帝建武三年》：「甲辰，帝親勒六軍，嚴陣以待之」。

010 刻骨銘心——刻和銘字是用刀子挖在物件雕出文字、圖案或痕跡，意思是記憶深刻，難以忘卻。出自唐李白《上安州李長史書》：「深荷王公之德，銘刻心骨」。

012 冥冥之中——指人所無法預測，人類無法控制等不可理解的狀況。出自《初刻拍案驚奇・卷二》。

015 杞人憂天——意思是總是去憂慮那些不切實際的事物。出自《列子・天瑞》。

016 秋後算帳——原指農作物每年的收成總額，到秋天收割後才統一結算。比喻等待時機進行報復。王朔《玩兒的就是心跳》：「怕就怕秋後算帳，本來挺明白的事最後也不明白了。」

024 先知先覺──指知覺智慧比一般人敏銳。出自《孟子‧萬章上》：「天之生此民也，使先知覺後知，使先覺覺後覺也。」

029 知易行難──認識事情的道理較易，實行其事較難。出自《尚書‧說命中》：「言知之易，行之難。」

031 安然無恙──原指人平安沒有疾病。現泛指事物平安未遭損害。出自《戰國策‧齊策》。

035 眼花撩亂──形容眼睛昏花，心緒迷亂。出自元王實甫《西廂記》：「只教人眼花撩亂口難言，魂靈兒飛在半天。」

046 入鄉隨俗──指到一個地方，就順從當地的習俗。出自《莊子‧山木》：「入其俗，從其令。」

048 捏一把汗──因擔心而手上出汗；形容非常緊張的心情。出自《紅樓夢》。

053 咬緊牙關──盡最大努力忍受痛苦或克服困難。出自《海上花列傳》。

058 百無聊賴──思想情感沒有依託，精神極度空虛無聊，出自漢代蔡琰的《悲憤》。

077 學以致用──將學得的知識，運用在實際生活或工作當中。

081 寂寂無名──不出名，不為他人所知。

120 不切實際──指不符合實際。出自丁寅生《孔子演義》：「若是徒有虛名，不切實際，那就成事不足，敗事有餘了！」

129 一視同仁──指聖人對百姓公平看待，同施仁愛。後多表示對人同樣看待，不分厚薄。出自唐韓愈《原人》：「是故聖人一視同仁，篤近而舉遠。」

136 不堪設想——指對即將要發生的事不敢想像，指預料事情會發展到很壞的地步，出自清曾國藩《復吳南屏書》。

150 豪言壯語——充滿英雄氣概的話。出處明焦竑《玉堂叢語·一·文學·丘濬》：「即席聯句，動輒數百言。豪言警語，如壯濤激浪，飛雪走雷，去觸山而迸發。」

151 運籌帷幄——籌：計謀，謀劃；帷幄：古代軍中帳幕。指制訂作戰策略。出自《史記·高祖本紀》：「夫運籌帷幄之中，決勝千里之外，吾不如子房。」

154 賞罰分明——該賞的賞，該罰的罰。形容處理事情清楚明白。出自漢王符《潛夫論·實貢》：「賞罰嚴明，治之材也。」

157 從善如流——形容能迅速而順暢地接受別人的正確意見。出自《左傳·成公八年》。

158 欲加之罪，何患無辭──欲加害於人，即使無過錯，也可以羅織罪名作為理由。出自《左傳‧僖公十年》。

171 由淺入深──出自清無名氏《杜詩言志》：「夫詩之章法起句，必切本題，且由綱及目，由淺入深。」」

174 朝三暮四──後指比喻常常變卦，反覆無常。出自《莊子‧齊物論》。

178 抽絲剝繭──絲得一根一根地抽，繭得一層一層地剝；形容分析物體極為細緻，而且一步一步很有作用。出自《清平山堂話本‧藍橋記》。

184 來勢洶洶──動作或物體到來的氣勢很厲害。出自《官場現形記》。

197 驚弓之鳥──比喻經過驚嚇的人碰到一點動靜就非常害怕。出自《戰國策‧楚策四》:「黷武之眾易動,驚弓之鳥難安。」

202 功虧一簣──意思是堆九仞高的山,只缺一筐土而不能完成,比喻做事情只差最後一點卻沒能完成,結果枉費工夫。出自《尚書‧旅獒》。

229 有目共睹──形容人人都可以看到,極其明顯。出自《錢牧齋先生尺牘‧卷一‧與王貽上》:「如青雲在天,有目共睹。」

醫生爸爸抗疫記

作者	陳沛然
責任編輯	周詩韵、胡卿旋
封面及美術設計	簡雋盈
內頁排版	子朗
出版	明窗出版社
發行	明報出版社有限公司
	香港柴灣嘉業街 18 號
	明報工業中心 A 座 15 樓
電話	2595 3215
傳真	2898 2646
網址	http://books.mingpao.com/
電子郵箱	mpp@mingpao.com
版次	二〇二〇年七月初版
ISBN	978-988-8687-04-6
承印	美雅印刷製本有限公司